Editora Charme

A COCKY HERO CLUB PRODUCTION

ESCOCÊS ARROGANTE

JOLIE VINES

Este livro é um trabalho de ficção.
Todos os nomes, personagens, locais e incidentes são produtos da imaginação da autora. Qualquer semelhança com pessoas reais, coisas, vivas ou mortas, locais ou eventos é mera coincidência.

1ª Impressão 2024

Produção Editorial - Editora Charme
Adaptação da capa e Produção Gráfica - Verônica Góes
Tradução - Mariana C. Dias
Preparação - Monique D'Orazio
Revisão - Equipe Charme

Esta obra foi negociada por Brower Literary & Management.

CIP-BRASIL. CATALOGAÇÃO NA PUBLICAÇÃO
SINDICATO NACIONAL DOS EDITORES DE LIVROS, RJ

V79e

Vines, Jolie
Escocês arrogante / Jolie Vines ; tradução Mariana C. Dias. - 1. ed. - Campinas [SP] : Chame, 2024.
120 p. ; 22 cm.

Tradução de: Cocky kilt
ISBN 978-65-5933-164-2

1. Romance americano. I. Dias, Mariana C. II. Título.

24-88942 CDD: 813
CDU: 82-31(73)

Gabriela Faray Ferreira Lopes - Bibliotecária - CRB-7/6643

Editora Charme

www.editoracharme.com.br

Editora Charme

A COCKY HERO CLUB PRODUCTION

ESCOCÊS ARROGANTE

JOLIE VINES

CAPÍTULO 1

Uma mulher corajosa e moderna

Hailey — Outono

A chuva respingava nas janelas, e o avião deu uma volta ampla sobre a pista de pouso escocesa. O clima outonal me recebeu em grande estilo. Já fazia quatro dias que eu havia deixado a cidade de Nova York com sua agradável luz do sol. Meus últimos dias de viagens entre os lindos pontos turísticos do Reino Unido tinham sido empolgantes e, em grande parte, não peguei chuva.

Mas a Escócia havia planejado um aguaceiro torrencial para a minha chegada.

Em minha primeira viagem oficial a negócios no novo trabalho, o universo com certeza estava me testando.

Outra rajada de vento atingiu o avião, mas pousamos só com uma pancadinha. Os passageiros aplaudiram, e suspirei aliviada.

Finalmente, eu estava ali: o último lugar que tinha que explorar antes de voltar para casa. Eu estava mais do que pronta para testemunhar os esplendores da Escócia dos quais havia tanto ouvido falar. Nem mesmo a exaustão e a chuva puderam estragar minha animação.

No voo, tinha lido um romance em que o herói era escocês. Um homem carrancudo e *enorme*. Depois da vergonha que foi meu último flerte desastroso, eu precisava da distração. Se algum Highlander bonitão quisesse se apaixonar perdidamente por mim durante o fim de semana, eu não ligaria.

Recolhendo minha bagagem de mão quadriculada da Louis Vuitton, tirei dali o blazer e alisei os amassados. Minha criança interior pobre nunca se acostumou a ter dinheiro, então olhei descontente para o blazer fininho por ter tido a ousadia de amassar e entrei na fila para descer os degraus de metal barulhentos, pronta para ir correndo até o aeroporto. Na saída do avião, espiei o lado de fora.

Trovejava. Respirei fundo, coloquei a bolsa em cima da cabeça e saí em disparada.

A chuva me encharcou, acertando minha pele e sem diminuir, enquanto eu avançava pelo asfalto. Dentro do prédio minúsculo do terminal, sequei os olhos e tremi durante o desembarque.

No ponto de táxi, me joguei para dentro do carro quente sem nem tentar esconder o alívio.

— Para onde quer ir? — o motorista perguntou, com o sotaque tão pesado que quase não o entendi.

— A hospedaria em Cock Bridge — respondi.

Uau. Consegui falar "ponte do pau" em inglês sem rir.

O motorista fez que sim, e estávamos a caminho.

Por um tempo, observei a bela paisagem ir passando, mas a semana anterior tinha acabado comigo, e meus olhos se fecharam.

Apesar de estar encharcada, não poderia me arrepender de nada dessa viagem. Só estava ali porque minha chefe, Diane, pegou uma intoxicação alimentar no último minuto, e não havia mais ninguém que ela pudesse enviar.

Com a minha pequena obsessão pela Escócia, eu estava mais ansiosa para visitar esse lugar do que qualquer um dos outros na viagem a trabalho.

Ainda assim, senti minha mente apagando, embalada pelo movimento ritmado dos para-brisas e pelo som dos pneus na estrada.

Algum tempo depois, acordei assustada, tonta e desorientada.

— Onde estamos? — resmunguei e dei uma olhada no celular.

— Quase lá. Você é americana — meu motorista afirmou, sorrindo. — Veio ver os campos de batalha? Ou talvez onde *Outlander* foi filmada? Um monte de americanos chega a passeio ou pelos cruzeiros.

— Vim a negócios, mas gostaria de aproveitar o máximo possível. — Olhei de relance para o homem. — Aposto que você não aguenta mais os estrangeiros, não é?

— Nada disso, *lass*. É nosso ganha-pão. — Ele estacionou em frente a uma construção encantadora de pedras com luzes amarelas brilhando pelas janelas. — Bem, a maioria de nós gosta dos turistas. O homem que é dono deste lugar é um avarento insolente. Fique longe do Velho Mac, ouviu?

Isso não era um bom sinal. Paguei a corrida e desci do carro com as pernas moles, inflando os pulmões e respirando fundo. A garoa continuava no ar, mais leve agora do que a tempestade na minha chegada. No dia seguinte, eu teria a chance de fazer um passeio pela região — o lugar bonito ao pé de uma montanha no Parque Cairngorms —, mas, agora, eu precisava de comida e uma taça de vinho.

Depois, sono. Muitas horas de sono.

O motorista simpático me entregou minha bolsa, e eu entrei pela porta da frente da hospedaria, me abaixando sob a moldura baixa. Dentro, um espaço aconchegante e aquecido me recebeu. Em uma das pontas, uma tora ardia na lareira, havia um cachorro branco e preto peludo esticado no piso de pedra em frente ao fogo, e clientes acomodados no bar, com copos de cerveja âmbar em mãos. À direita, havia mais pessoas sentadas em aglomerados de mesas e cadeiras, e vislumbrei um espaço mais formal para refeições bem nos fundos.

O aroma forte da cozinha e o barulho de conversas animadas me encontraram.

Um lindo retrato do encanto rural.

Com o celular, logo tirei umas duas fotos. Diane amaria aquele lugar. Não tive dificuldade em imaginá-lo sendo a base perfeita para nossos clientes exclusivos explorarem as Highlands.

Uma jovem mulher se aproximou, secando as mãos no avental, e sorriu.

— Oi! Você tem reserva?

— Sim! A reserva está no nome de Diane Kudrow, mas ela teve que cancelar. Sou a Hailey.

— Bem-vinda! É um prazer recebê-la. Por aqui, vamos te acomodar.

A mulher me deu um livro de hóspedes para assinar, então, me levou escada acima até um quarto limpo antes de me deixar nele para eu poder me acomodar. A cama que parecia macia me chamava, mas eu sabia que, se deitasse a cabeça ali, como no táxi, acabaria dormindo em minutos. Em vez disso, me limpei no pequeno banheiro luminoso, desfiz o rabo de cavalo e penteei meu longo cabelo loiro — o aguaceiro de antes o tinha deixado molhado e frisado —, então, vesti calça jeans e camiseta.

Uma espiada para fora da janela me mostrou que a tarde escura havia se transformado em noite, e o bar aconchegante me chamava. No topo da escada, hesitei, testando minhas emoções. Quando contei ao meu tio Hollis sobre a viagem, ele franziu a testa e me disse que ficaria preocupado se eu ficasse sozinha em um lugar desconhecido. Mas eu não estava preocupada. Nem um pouco. Pessoas me fascinavam.

Lugares novos me deixavam louca para explorá-los.

Desci os degraus, com o sorriso a postos.

Uma hora mais tarde, tendo consumido uma refeição leve e duas taças de vinho, ri enquanto ouvia a história que a mulher me contava. A Hospedaria Cock Bridge estava cheia de compatriotas, todas ali para fazerem exatamente o que o motorista de táxi havia dito: visitar os locais da série de TV *Outlander*, e talvez encontrar um escocês bonitão para si mesmas.

Me aproximei de um grupo amigável e aceitei o convite de me sentar com elas. Era a maneira perfeita de descobrir o que os visitantes dali realmente queriam e se a hospedaria era tão boa quanto a primeira impressão que tive.

A porta foi escancarada, chamando minha atenção.

E a de todas as mulheres no ambiente.

Um homem entrou pisando forte, sacudindo a chuva do cabelo escuro enquanto deixava a noite para fora. Ele sorriu e ergueu a mão em resposta ao cumprimento do barman.

Meu olhar se moveu pelo seu corpo. Desde o rosto bonito com o grande sorriso até as botas pesadas de combate, me demorando no kilt.

Um kilt de verdade!

Meu Deus, como aquilo era sexy.

— Ai, minha nossa — Mirabelle disse, a octogenária à minha direita, se curvando para frente e olhando por cima dos óculos. — Estou gostando mais e mais deste lugar.

— E aí, Ewan? Tudo em cima? — A mulher que havia me levado ao quarto passou por ali como uma brisa, recolhendo copos.

Ewan, que devia ser o nome dele, pendurou o casaco encharcado perto do fogo e ergueu uma sobrancelha.

— Ah. Na verdade, está para baixo, congelado e encolhido, mas é culpa do tempo.

— Eca! — ela respondeu, arrancando risos dos clientes.

O recém-chegado se uniu aos coroas que se enchiam de bebidas no bar, e se inclinou para falar com o barman. A conversa foi retomada ao meu redor, e tentei desviar meu foco dele.

Mas, quando voltei a olhar para trás, o escocês arrogante me encarava de volta.

Meu corpo se animou com todo aquele contato visual.

Um mês atrás, eu tinha feito papel de tola por um cara. Em uma festa que a empresa havia dado, fiquei encantada com a liberdade do meu primeiro emprego e me deixei ser levada pelo papo de Andrew, um promotor de vendas de outra filial.

Em um canto escuro, ele deu em cima de mim.

Na faculdade, tive alguns relacionamentos sérios, e nunca fui de curtir a vida adoidada. Mas eu tinha vinte e três anos agora e não planejava ficar de fora da diversão que todos pareciam estar aproveitando. Encorajada, aceitei o avanço de Andrew.

Até Josie da contabilidade me puxar de lado e sussurrar que Andrew era um famoso mulherengo.

E casado.

Aff. Que idiota. Foi muito vergonhoso cair na armadilha dele quando tudo o que eu queria era causar uma boa impressão na minha carreira. Pelo menos, estava tendo a oportunidade de escapar por alguns dias. Quando estivesse de volta a Nova York, eu recomeçaria tudo e esperaria que todos tivessem se esquecido disso.

Voltei a focar na conversa à mesa e dei outra olhada no bonitão no bar. Meu orgulho podia estar ferido, mas minha libido não. Eu havia cometido um erro, mas ainda tinha algo a provar a mim mesma.

Eu era uma mulher corajosa e moderna que poderia se satisfazer e ir embora feliz. E qual era o melhor jeito de fazer isso, se não em uma viagem a trabalho? Talvez descobrir se o escocês no bar tinha algo sob o kilt...

Opa. O álcool estava subindo um pouco demais à minha cabeça.

— Você vai amar a Escócia. O país tem muito a oferecer. História, cultura e homens! — Mirabelle me cutucou com o cotovelo. — Mais vinho, querida?

Olhei para o homem de kilt mais uma vez e o peguei, de novo, me encarando de volta.

— Sim, por favor. — Ergui a taça. — A tudo isso. Vamos aproveitar.

CAPÍTULO DOIS

Atração pura e selvagem

Ewan

Briana cutucou meu ombro com o dela, como a pirralha irritante que minha prima mais nova era.

— O que ele aprontou hoje?

— Como você sabe que tive problemas com o meu pai?

Ela deu a volta até o outro lado do bar, então empilhou os copos recolhidos na lava-louça, com o vapor fazendo seu cabelo grudar na testa.

— Você pediu uísque. Você nunca bebe, a não ser que o Velho Mac esteja causando problemas.

— Verdade. — Tomei um grande gole, finalizando o copo e apreciando a queimação que descia pela garganta. — Hoje, ele decidiu fechar a estrada que leva a Falmer's Cairn, alegando algum absurdo sobre os táxis estarem danificando as pedras eretas. Só descobri depois que um guia de turismo irado ligou e me disse poucas e boas.

Briana manifestou solidariedade e se ocupou com o trabalho.

O Velho Mac, meu pai, estava se tornando um perigo. Ele sempre havia sido excêntrico, mas agora estava nitidamente atrapalhando o negócio da família McClintock. Mais de uma dúzia de pessoas trabalhava para nós, todos habitantes locais, e suas famílias dependiam da receita que o turismo trazia. Estávamos bem no fim da temporada, e se meu pai arranjasse mais confusão, no próximo ano, os passeios acabariam sendo feitos em outro lugar.

Era um problema real, e um problema que eu não sabia consertar.

Como já tinha ocorrido diversas outras vezes naquela noite, minha atenção encontrou a moça bonita sentada com as velhas senhoras do outro lado do salão. Com ondas de cabelo loiro e um lindo sorriso nos lábios rosados, ela era um raio de sol em um dia nublado.

Então, como antes, ela me deu uma espiada.

Meu sangue ferveu, e ergui uma sobrancelha, apreciando o rubor em suas bochechas quando ela desviou o olhar.

Fazia quase um ano que eu estava solteiro, porque minha paixão da infância havia decidido me deixar e se mudar para a cidade. Tinha sido um término difícil, mas entendi as razões dela. Assim como ela sabia que eu não poderia segui-la. Ela voltou para visitar os pais uma ou duas vezes, e nos encontramos como amigos.

Bem, da forma mais amigável possível que consegui para lidar com alguém que havia roubado meu coração e, depois, o pisoteado.

Não me aventurava em outro relacionamento desde então, incapaz de me imaginar confiando em alguém outra vez. Algumas vezes, considerei dar um jeito no incômodo com ajuda das turistas que me viam como algo inédito. Eu vestia meu kilt com orgulho e não me importava com as moças apreciando a vista. Mas namorar... Eu ainda não havia aceitado a oferta de ninguém.

— Outra? — Pat, que servia as bebidas naquela noite, perguntou.

Entreguei meu copo.

— Só mais uma. Tenho outra reunião amanhã cedo, se meu pai não estragar tudo. — Então, algo me ocorreu. Além da moça me paquerando, todo mundo ali estava na meia-idade ou mais. No celular, a pessoa que eu ia encontrar havia parecido mais jovem. — Diane Kudrow ainda não chegou, não é?

Diane era dona de uma agência de viagens chique nos Estados Unidos, e eu estava desesperado para entrar no roteiro de um de seus passeios. Nós hospedaríamos os clientes dela, os levaríamos para um passeio nas ruínas da região, explorando as Highlands, e tudo por uma taxa muitíssimo interessante que nos manteria de pé por anos.

Mas eu tinha verificado o livro de hóspedes, e a mulher não havia assinado. Talvez o voo tivesse atrasado.

Patrick me serviu outro uísque. Meu segundo, e último, duplo da noite.

— Não. Não ouvi esse nome.

Briana voltou com mais copos.

Patrick ergueu o queixo na direção dela.

— Você não viu nenhuma Diane, viu?

— Não, mas a loira bonita em quem Ewan está de olho se chama Hailey.

— Ela me deu uma piscadela.

— Hailey, é? — murmurei. Nome bonito para uma mulher muito atraente. — Talvez eu devesse ir até lá e falar um pouco sobre a região para aquele grupo.

Como se tivesse escutado, a moça se levantou e se aproximou.

Briana riu, e eu endireitei a postura.

Com uma espiada tímida em mim, a loira se inclinou na direção de Patrick.

— Ei, desculpa incomodar. Uma daquelas senhoras ali vai fazer oitenta anos amanhã. Elas vão passar mais uma noite aqui, mas eu já vou ter ido embora. Posso comprar uma garrafa de champanhe agora, e você a surpreende amanhã?

Patrick ergueu as sobrancelhas.

— Com certeza. — Ele pegou um bloco de pedidos e aceitou o pagamento.

— Que gentil da sua parte — eu disse, baixo.

A moça se virou, com as bochechas mais coradas que antes.

— Elas me trataram muito bem. Uma estranha numa terra estranha e tal.

— De onde nos Estados Unidos você é?

Por um segundo, ela não respondeu, apenas me encarou.

— Hum, o quê? Desculpa. Hum, de Nova York, mas passei um bom tempo da adolescência em Connecticut com a minha família. Imagino que você seja daqui.

Estendi uma mão.

— Acertou. Sou o Ewan.

— Hailey. — Ela pegou minha mão em um aperto leve.

Meu coração acelerou, algum tipo de reação química se desencadeando na minha pele.

— Nossa — Hailey murmurou.

Ela também havia sentido. *Meu Deus.*

A necessidade de impor meu avanço me consumiu. Um pouco de flerte nunca machucou ninguém, e só de ela estar ali perto, eu já estava me sentindo cinquenta vezes melhor.

— Posso te pagar uma bebida?

Hailey franziu os lábios cor-de-rosa.

— Isso foi uma cantada?

Me engasguei com uma risada.

— Talvez.

— Você está solteiro?

— Que tipo de pergunta é essa? Sim, estou.

Ela cruzou os braços.

— Levante a mão.

Segurando o riso, eu obedeci, e ela examinou meu dedo anelar, imagino que procurando alguma evidência ou marca de bronzeado.

— Ei, Briana — gritei para a minha prima. — O quanto estou solteiro?

Todo mundo sabia que eu tinha levado um pé na bunda.

Briana revirou os olhos.

— Ele está tragicamente solteiro. Meu primo é um pobre coitado.

Hailey deu uma risadinha.

— Acredito em você. E tenho uma ideia melhor: por que não se senta com o meu grupo? Um monte de senhoras já expressou fascinação pelo seu... kilt. Tenho certeza de que amariam fazer algumas perguntas sobre como é a vida por aqui.

Uma hora e outras duas bebidas depois, eu estava alegre. As senhoras eram o máximo e Hailey, cativante. Ela não parecia ser do tipo que ia em cruzeiros só de mulheres ou em passeios de carruagem, como as amigas. Aquelas coisas tendiam a ser para senhoras enviuvadas, ou para solteironas ricas que queriam conhecer o mundo e fazer novas amizades com ideias parecidas.

Enquanto as idosas estavam mais do que felizes em compartilhar suas histórias de vida comigo, Hailey manteve suas cartas na manga. Além do nome e de onde tinha sido criada, eu não sabia nada sobre ela.

Seu sorrisinho irritante me dizia que, para ela, estava ótimo assim.

Da mesma forma, me segurei para não informar de que ela estava na minha terra, apesar de eu estar compartilhando contos de lendas locais e parte da história.

Estávamos sentados lado a lado, e seu cotovelo roçava o meu. Olhei para o lado e encontrei seu olhar focado no ponto em que nos tocávamos.

O calor da lareira me ofereceu uma desculpa para segurar o colarinho do meu suéter e tirá-lo pela cabeça.

Ao nosso redor, as senhoras encararam, observando meu bíceps tatuado.

O rubor de Hailey aumentou. Agora, quando seu braço tocava o meu, era pele na pele.

Aquele toque diminuto foi suficiente para me deixar fascinado. Eu nunca tinha sentido nada parecido.

Eu também a deixava excitada. Tinha certeza disso.

Nossa química ardente fazia meu coração palpitar, e meus músculos doíam onde eu me mantinha firme, adrenalina se espalhando pelo corpo. Se eu tinha me sentido atraído por ela antes, agora essa desconhecida estava me deixando mais excitado do que um bode velho.

Tudo o que pude fazer foi acompanhar a conversa e não deixar meus hormônios desenfreados assumirem o controle.

Eu precisava muito transar.

Após outra rodada de bebidas, Hailey se levantou, apoiando a mão no meu ombro para sair do espaço apertado. Afastei a cadeira para trás e a deixei passar, roçando sua cintura com o nó dos dedos enquanto ela se movia.

Seu olhar encontrou o meu e se agarrou a ele.

Em um piscar de olhos, a química em mim disparou.

Ela murmurou algo que não entendi por causa do sangue que corria em minhas orelhas, então, foi até o corredor do banheiro.

Eu quis me levantar e ir atrás dela. Mas não era um caçador. Apesar da forte atração, agir por influência dela era outra coisa. Éramos desconhecidos, e eu não sabia como lidar com toda aquela coisa de sexo casual.

Mesmo se estivesse óbvio. Mesmo se qualquer outro cara fosse interpretar os sinais e cair matando.

Voltei a me sentar na cadeira e suspirei.

Cinco pares de olhos se voltaram para mim. As senhoras do grupo de Hailey riram entre si, então, começaram a conversar de novo.

A mais velha, a loira perspicaz chamada Mirabelle, manteve sua atenção em mim. Então, gesticulou com a mão.

— Vocês jovenzinhos... sempre hesitando e duvidando. Querido, tenho um pedido. Vá e encontre a Hailey, pode ser? Não queremos que ela se perca no caminho de volta.

Aquilo bastou.

Com a permissão cedida por uma mulher que deveria ser três vezes mais velha que eu, me levantei em um pulo e saí decidido pelo salão de jantar, pelos clientes, até a parte mais silenciosa do bar. Um corredor frio de pedra me encarou, vazio.

O que raios eu estava fazendo? Comecei a me virar para ir embora. Então, uma porta se abriu, e Hailey emergiu.

Ela havia reaplicado o brilho labial. Aqueles lábios cor-de-rosa e carnudos se curvaram com o meu olhar.

— Oi.

— Oi.

Nós nos observamos.

— Mirabelle ficou preocupada que você tivesse se perdido — murmurei.

— Isso me parece uma desculpa.

— E é.

Hailey se aproximou.

— Tudo bem — ela murmurou. — Posso admitir uma coisa? Vou ficar aqui apenas uma noite, e tenho só uma coisa em mente: você, desde quando chegou.

Meu sangue desceu todo.

— Jesus, *lass*.

— Não quero supor nada, mas tenho quase certeza de que você também me quer, não é?

— Muito.

— Então...

Avancei sobre ela no segundo em que Hailey ergueu a mão.

Por essa eu não estava esperando, nem se fosse dia trinta de fevereiro, mas minha frustração com meu pai mais o estresse de tentar manter nosso negócio funcionando me motivou a ir em frente. Eu estava muitíssimo fascinado por aquela mulher, e precisava me familiarizar com seus lábios.

Por sorte, ela teve a mesma ideia.

Hailey segurou meu bíceps, e eu agarrei a cintura dela. Nossas bocas se encontraram em um beijo intenso, perfeito. Na mesma hora, guiei-a para trás, levando-a até o fim do corredor, virando em uma curva para onde ninguém ia.

Hailey me deixou ditar o caminho, mas, assim que ficamos fora de vista, ela angulou a cabeça e enterrou os dedos no meu cabelo. Ai, Deus, como gostei disso.

Lambi a junção de seus lábios e ganhei acesso à sua boca, acariciando sua língua com a minha. Hailey gemeu, transformando o beijo inesperado em uma supernova em explosão.

Aquele era meu primeiro beijo em um ano. Cacete, como eu estava grato por isso.

As pessoas faziam sexo casual o tempo todo, e era exatamente assim. Elas se entregavam àquela atração pura e selvagem. Nada de perguntas. Nada de joguinhos.

Aquilo estava muito longe do homem que eu costumava ser, mas não quis parar.

Eu a prendi contra a parede e pressionei os quadris em seu corpo macio, mostrando o que ela tinha feito comigo.

— Meu Deus! — Hailey afastou nossas bocas. — Vamos lá para cima.

Seus lindos olhos focaram nos meus. Minha resposta deveria ser óbvia. Mas, ainda assim, fiz uma pausa.

— Você está bêbada? — perguntei.

— Bebi algumas taças de vinho, claro. Mas só está facilitando as coisas. Eu te quero, e você me quer. Se estiver a fim, eu também estou.

Fechei os olhos e me entreguei ao momento.

— Tudo bem, *lass*. Escada de serviço. Vamos.

CAPÍTULO TRÊS

Escocês arrogante

Hailey

Ewan e eu meio que caímos porta adentro, com bocas coladas e dedos se enroscando nas roupas um do outro. Ele agarrou meu traseiro de forma bruta e me pressionou contra a ereção impressionante. Derreti, meu corpo relaxando em preparação para o que seria uma noite e tanto.

Isso compensaria meu erro com o promotor de vendas, e uma boa transa intensa seria o jeito perfeito de terminar minha viagem a trabalho.

Ewan respirou fundo e me soltou.

— Para a cama — ele ordenou.

Me apressei em fazer o que ele mandava, com o batimento acelerado.

Ele se aproximou de mansinho, a luz fraca das cortinas abertas realçando o desejo ardente em sua expressão. Então, ficou de joelhos e levou as mãos até o botão da minha calça jeans, abrindo-a com um movimento dos dedos.

— Obrigada, Diane — murmurei.

Ewan parou.

— O que foi que você disse?

— Me ignore. — Sacudi a calça pela bunda.

Mas Ewan se sentou, com as sobrancelhas se unindo em uma carranca.

— Diane? Você quis dizer Diane Kudrow?

Ah, droga. Pisquei.

— Sim. Ela é a minha chefe. Como é que você sabe o nome dela?

— Sei porque eu deveria me encontrar com ela pela manhã.

Ah, não. Arregalei os olhos, assustada. Aquele tempo todo, eu tinha imaginado Ewan como um agente imobiliário ou alguém do ramo turístico.

— Você ia se encontrar com ela? Não deveria ser alguém chamado Angus McClintock?

Ele enterrou os dedos no cabelo.

— Angus é meu pai. Eu sou Ewan McClintock.

Uma brisa um pouco mais gelada rodopiou pelas minhas coxas. Decepcionada e cada vez mais envergonhada, me arrastei para trás em cima da manta e puxei a calça por sobre o traseiro outra vez. Passar a noite com um contato era obviamente proibido. Muito provavelmente ia contra os termos do meu contrato.

— Estou aqui no lugar da Diane. Ou seja, não podemos fazer isso.

— Pois é, nem me fale. — Ewan se levantou em um pulo e lançou um olhar demorado para mim. — Droga — ele falou, então, se virou e foi embora.

A luz brilhante do sol encheu meu quarto, me acordando antes do despertador tocar. De ressaca, tomei dois analgésicos, me levantei da cama confortável e me arrastei até o chuveiro.

Água escorreu pelo meu corpo e, em lampejos, meu cérebro acordou todo alegrinho, revivendo minhas façanhas bêbadas e excitantes.

Aff. A noite passada tinha sido tanto perfeita quanto bem esquisita.

Ainda bem que Ewan e eu tínhamos descoberto a conexão antes de as coisas irem longe demais.

Ainda assim, o arrependimento bateu enquanto eu me aprontava para o dia, escolhendo um terninho sob medida com sapatos sem salto para o passeio. Sequei o cabelo, deixando-o liso, e arrumei a bolsa. Naquela noite, eu estaria a caminho de casa outra vez. E esperava que com um negócio fechado na mala.

Verifiquei as mensagens no celular, encontrando um correio de voz de Diane no qual ela me dizia para checar o e-mail.

Foi o que fiz, deslizando os olhos pelos comentários brilhantes que fez sobre o relatório que eu havia encaminhado sobre os três lugares que eu tinha visitado na viagem. Um pequeno hotel na costa de Devon, uma hospedaria bem no topo de Lake District e uma propriedade rural não muito longe de Londres, todos haviam sido aprovados.

O orgulho me fez endireitar os ombros, e continuei lendo.

Não avance em mais nenhuma negociação. Estamos considerando um novo pacote para a Escócia. Uma proposta mais sofisticada que precisa ser melhor analisada. Será algo exuberante e exclusivo. Sei que você ainda vai visitar a hospedaria, mas não estamos prontos para fazer uma oferta para eles agora. Repensaremos a ideia mais tarde.

Que pena para a hospedaria. Até poderiam ser sofisticados, mas não eram exuberantes. O ambiente era charmoso e rústico. Digitei minha resposta em concordância, tomando cuidado com as palavras. Causar uma boa impressão em Diane era importante, já que eu só tinha seis meses para me provar, se quisesse um cargo permanente na empresa.

A próxima mensagem que li foi de Elodie, minha tia.

Hollis vai levar a gente para uma viagem surpresa!, ela havia escrito na noite anterior.

Sorri. Meu tio adorava a esposa e mimava os três filhos. Trabalhava duro, mas também tirava quanto tempo fosse possível para passar com a família.

Vamos amanhã, pelo meio da manhã. Vamos ver você antes de partir? Eu queria conversar com você sobre algo. Seria melhor pessoalmente.

Verifiquei o horário do meu voo e calculei a diferença. O único jeito de eu ver Elodie cara a cara seria se eu pegasse um voo na hora do almoço naquele dia, ou seja, eu teria que partir em breve. Era possível, já que Diane não queria mais que eu fechasse o negócio, mas me pareceu mal educado simplesmente pegar minhas coisas e ir embora sem dar uma chance ao sr. McClintock de vender seu peixe.

Diane teria amado a hospedaria, mesmo o lugar não se encaixando nos planos dela. O que eu tinha visto até então havia sido impressionante.

Assenti comigo mesma, tomando uma decisão. Seria melhor se eu visse tudo o que eles tinham a oferecer. Eu receberia pontos extras por um trabalho bem-feito, mas isso significaria que eu não pegaria o voo antecipado.

Acho que não vou conseguir, respondi a Elodie, adicionando um *emoji* tristonho.

Elodie, Hollis e os filhos eram tudo para mim. Depois do dano que meus pais tinham infligido à minha infância, eu precisava manter a parte boa da família por perto. A partida deles por um mês deixou meu coração despedaçado. Além disso, as notícias de Elodie, sobre as quais ela queria conversar comigo, me deixaram preocupada com ela.

Dei outra olhada no voo antecipado, mas fechei o navegador. Não seria possível. Eu estava ali a trabalho, e ganhar meu dinheiro era vital para mim.

Só que, enquanto eu arrumava o que faltava na mala para partir, lembranças dos braços firmes e musculosos de Ewan não paravam de reaparecer na minha mente. A maneira como ele me beijou. O movimento dos quadris, e o volume impressionante que foi exatamente para onde eu precisava que fosse, antes de o homem desistir de tudo.

Não. Eu não me deixaria levar por isso agora. O momento tinha passado, e eu teria que voltar aos livros de romances para satisfazer minha fantasia escocesa. Ergui o queixo e marchei escada abaixo, mais uma vez pronta para os negócios.

Diferente da noite anterior, o bar estava quase vazio, só dois madrugadores saíram para fazerem trilha. O mesmo barman emergiu da adega.

— Bom dia! Gostaria de algo para comer, de um café?

— Café preto está ótimo. Vou encontrar o sr. McClintock aqui, às oito e meia, então vou deixar para comer mais tarde.

O barman me olhou de um jeito estranho.

— O McClintock mais novo ou o mais velho?

— Mais velho. — Suspirei. Pelo menos, eu não teria que encarar Ewan de novo.

Ele me entregou o café e deu um risinho antes de voltar a arrumar tudo.

Que esquisito.

Eu estava alguns minutos adiantada, então me acomodei em um banquinho, tomando um bom gole da bebida. Na noite anterior, Ewan tinha sido simpático com o homem e com a mulher que trabalhavam ali.

Com certeza, ele não tinha contado a eles sobre a minha proposta. Isso talvez explicasse o sorriso estranho do barman.

— Ei — eu disse, sem saber como fazer a pergunta.

Minhas palavras desapareceram quando Ewan, em toda a sua glória esplêndida, alto e sombrio, entrou no bar.

E lá se foi minha tentativa de evitá-lo.

Um homem mais velho caminhava ao seu lado, com uma expressão descontente contorcendo seus traços.

— Onde está Diane Kudrow? — o senhor ladrou.

— Sou Hailey LaCroix. Trabalho para a Diane e estou aqui no lugar dela. Enviamos um e-mail para avisar sobre a mudança. — Imaginei que seu filho, parado ali, por alguma razão, tivesse avisado sobre a troca.

— Velho Mac — o barman disse. — Ewan. Algum de vocês quer uma bebida antes de sair?

Velho Mac? No dia anterior, o taxista tinha me avisado sobre aquele homem. O que era que ele havia dito? Que ele não gostava de turistas?

Engoli em seco e mantive os olhos nele.

As bochechas ásperas assumiram um tom arroxeado, e ele ignorou a pergunta do barman, focando apenas em mim.

— Hailey quem? Era a Diane Kudrow que deveria me encontrar hoje. Qual é a desculpa dela? É grosseria não aparecer em um compromisso depois de tê-lo marcado. Não gosto que brinquem comigo.

— Pai — Ewan falou, com um aviso em seu tom.

Deslizei para fora do assento, ignorando Ewan e focando no homem com quem eu deveria me encontrar.

— Sr. McClintock, me deixe explicar.

— Por quê? Para mim, parece que não preciso de nenhuma explicação! Eu esperava uma mulher, e me mandaram outra. — Ele semicerrou os olhos de propósito e me olhou de cima a baixo. — Pelo que estou vendo, uma mocinha desastrada que mal saiu da escola.

Meu queixo caiu.

— Eu tenho vinte e três anos, e sou mais do que qualificada para avaliar sua propriedade.

— É mesmo? — Ele pôs as mãos nos quadris e me lançou um olhar fulminante.

Cerrei a mandíbula e o encarei de volta.

Por dentro, eu tremia, mas ele não precisava saber disso. Nem ele nem o filho.

Ewan se posicionou na frente do pai e se curvou para encontrar os olhos do homem.

— Um minuto, pode ser? Lá fora. Precisamos conversar.

O pai protestou mais um pouco, mas permitiu que Ewan o guiasse até a porta em direção ao ar fresco. Suspirei fundo e murchei no banco.

— Não estou nem aí! — Foi o que chegou flutuando pelas janelas, e bisbilhotei para ver o pai de Ewan, com o rosto vermelho e abanando os braços.

Me virei para o barman.

— Ontem, meu motorista de táxi me avisou do Velho Mac. É o sr. McClintock, não é? Foi assim que você o chamou.

— Isso. Se puder, ignore tudo que está ouvindo agora. Ewan vai ficar com tanta vergonha... O pai dele... bem, ele tem dias bons e dias ruins.

Remoí aquilo e beberiquei o café. Dias bons e dias ruins não soava nada bem para os clientes. Não havia mais ninguém no bar para testemunhar a grosseria do Velho Mac, mas um rosto simpático e disposto a ajudar faria toda a diferença para transformar as férias de alguns clientes em algo inesquecível.

Diane não toleraria a grosseria do Velho Mac. Ou seja, eu também não deveria fazer isso.

Se ele fosse mal educado com alguém como Mirabelle, alguém que dependesse de nós para se divertir e ficar seguro, nossa reputação acabaria em frangalhos.

De repente, a Hospedaria Cock Bridge perdeu o brilho.

Ewan voltou ao bar, com a boca em uma linha reta.

— Hailey — ele começou.

— Srta. LaCroix — eu o corrigi.

Depois da noite de ontem, tive que traçar um limite profissional.

— Certo. Srta. LaCroix. Meu pai não vai nos acompanhar no passeio matinal. Sinto muito pela confusão. É um negócio de família, e vou levar você para o passeio e mostrar o que seus clientes verão. Primeiro, vamos às ruínas do castelo e, depois, visitaremos o campo de batalha. Então, a montanha, para que possa ver como tudo funciona para esquiar no inverno. Vou levar você para almoçar e mostrar a melhor paisagem de toda a Highlands. Você já teve a experiência de passar a noite na hospedaria... — Ele fez uma pausa, e seu olhar finalmente encontrou o meu.

O calor queimava nas profundezas dos olhos escuros.

Ah, droga.

Apaguei minha explosão de desejo, apesar dos dedos estarem formigando, como se quisessem, de maneira independente, se emaranharem de novo no cabelo castanho e macio dele.

Mas isso não iria rolar. Nada daquilo. Soltei um suspiro.

— Posso fazer uma pergunta?

Ele assentiu, ainda me encarando.

— Quem toma as decisões no negócio de família?

A expressão de Ewan voltou a ficar desanimada.

— Atualmente, meu pai tem a palavra final.

— Entendi. Ele não está feliz com o fato de que eu não ser a Diane, mas está preparado para expandir o alcance de vocês?

Seus ombros caíram.

— Sinceramente? Eu pensava que sim, mas não tenho certeza.

Irritação se apoderou de mim, potencializada pela tensão sexual que não tinha para onde ir. Meu caminho até aquela hospedaria havia sido longo demais para eu acabar rejeitada não só por Ewan, mas também pelo seu pai. Além disso, Diane havia deixado claro que estaríamos lidando com um mercado de alto padrão, então tudo teria que ser perfeito. Perfeitamente profissional.

Por mais bonito que o lugar fosse, sem dúvida enfrentavam problemas.

Se eu fosse embora naquela hora e pegasse o voo adiantado, estaria de volta em solo americano a tempo de ver Elodie e Hollis antes de partirem para a viagem. E a tempo de descobrir o que Elodie precisava me contar.

Eu me levantei e evoquei um sorriso profissional.

— Fico grata pela hospitalidade que você me mostrou, mas acho que o seu negócio e o meu não são uma boa combinação no momento. Obrigada pela oferta do passeio. Talvez outra hora, quando a sua empresa estiver pronta.

Com o coração acelerado, me virei e ergui a mão para o barman.

— Você poderia, por favor, chamar um táxi para que eu possa voltar ao aeroporto?

— Espere — Ewan resmungou atrás de mim. — Você veio até aqui...

— Não preciso que me lembrem. Agora, tenho que fazer todo o caminho de volta.

— Se você me desse a manhã de hoje...

— Acho que é melhor se eu for embora.

Ele apoiou os punhos nos quadris e franziu o cenho.

— Então eu mesmo vou te levar até lá.

Eu não aguentaria. Mais de uma hora em um espaço apertado com ele seria o meu fim. Eu estava disposta a pagar mais ao motorista de táxi para me mostrar os destaques no caminho para longe dali.

— Não, obrigada.

O barman conversava ao telefone com a empresa de táxi, dando a mim e Ewan uma ilusão de privacidade.

— Hailey — Ewan disse, com autoridade na voz. — Você vai embora por causa do que aconteceu entre a gente?

Escocês arrogante.

— Não. Entre mim e seu pai, por outro lado, pode ser.

— Pelo menos faça o passeio. Veja o que o lugar tem a oferecer.

A teimosia havia aparecido. Eu gostava daquele homem, e tinha pena da situação dele. Mas o passeio não aconteceria.

— Acho que não é uma boa ideia — eu falei, mais baixo.

Ewan me deu um último olhar demorado, expirou com força, então saiu do bar.

CAPÍTULO QUATRO

Isso é um eufemismo?

Hailey — Inverno

O celular vibrou na minha mesa pela décima quinta vez naquela manhã, mas coloquei um sorriso no rosto e o atendi com um cumprimento animado. Do outro lado do espaço iluminado de trabalho, Diane apareceu na entrada de seu escritório. Acenou para mim e apontou para trás. Seu jeito de me falar para ir até ela assim que a ligação terminasse.

Nos três meses em que trabalhava na Viagens Internacionais Kudrow, passei mais tempo lidando com dúvidas de clientes do que com qualquer outra coisa, mas não era um problema. Eu sabia que havia tido muita sorte de visitar o lugar logo de cara, e estava disposta a trabalhar para ser promovida.

Meu sonho secreto era ter um negócio só meu, talvez focado em um nicho, em vez de em grandes hotéis e resorts. Mas esse sonho estava bem longe de virar realidade. Nenhum dono de acomodação confiaria em uma mulher quase sem experiência alguma. Eu precisaria de anos nesse trabalho para me provar.

Alguns minutos depois, eu tinha finalizado a ligação e saltitava até a porta de Diane.

— Você queria falar comigo?

— Ah, sim, entre. — Ela apontou para a cadeira branca e confortável de frente para ela. — Estive trabalhando em uma proposta, e preciso de uma pesquisadora para preencher algumas lacunas.

Me acomodei no assento e apontei para mim mesma com o polegar.

— Pode contar comigo. Me passe os detalhes.

— Você se lembra da sua breve visita à Escócia? Eu mencionei, naquela época, que criaríamos um pacote personalizado. Os clientes se interessaram muito, então o projeto foi autorizado.

Minhas entranhas ficaram quentes. Ewan era o que eu mais me lembrava da viagem.

Pigarreei.

— Que maravilha! O que você quer que eu faça?

Diane olhou a tela sobre os óculos caríssimos sem armação aparente.

— Acabei de te enviar uma lista de lugares e algumas ideias sobre o tipo de provisões que estamos procurando. Ligue para os proprietários e veja se podem fornecer o que queremos. Vai ser algo exclusivo, mas rural e rústico. Algo de alta qualidade, mas que pareça pé no chão. Estou pensando em bilionários que querem fazer trilhas e fingir que não são ricos o bastante para comprar a região toda.

Antes, a descrição do que Diane queria acabou descartando a Hospedaria Cock Bridge. Ela desejava algo exuberante, não rústico. Mas a nova ideia mudava tudo.

Meu estômago se revirou.

— Entendi. Produtos da fazenda e uma equipe simpática. Nada oficioso, mas a garantia de um funcionamento perfeito.

— Exatamente isso.

Mordi o lábio por um segundo.

— A Hospedaria Cock Bridge está na nossa nova lista?

— Está. Seu relatório ajudou a traçar as linhas gerais. Acha que eles poderiam fornecer o que precisamos?

Na minha breve descrição do lugar, eu não havia mencionado o surto do pai de Ewan. Não pareceu justo, sendo que Ewan tinha deixado claro que era um negócio de família, do qual ele fazia parte do processo de tomada de decisão. Não estávamos prontas para fazer uma oferta, então isso era irrelevante. Até onde eu sabia, poderiam ter mudado o modelo do negócio uma semana depois. Não quis acabar com as chances deles.

Ainda mais por me sentir mal por ter fugido do lugar.

— A hospedaria em si é perfeita para o que você descreveu, e, apesar de eu não ter feito os passeios, as senhoras hospedadas lá fizeram e amaram.

Diane deu um aceno breve de cabeça, seu interesse já perdido na tela.

— Ligue para eles e avance pela lista. Pegue a proposta de todo mundo.

— Desculpa. Só mais uma pergunta: há alguma outra viagem planejada? Eu adoraria colocar o meu nome na lista.

Por isso, recebi um pequeno sorriso.

— Não vou me esquecer. Ainda tenho que decidir como faremos as visitas. Vai depender da qualidade das propostas.

De volta à minha mesa, abri o e-mail tão rápido quanto meus dedos podiam clicar no mouse. Ali, nos dados da Hospedaria Cock Bridge, estava Ewan McClintock.

Encarei.

Ewan. Não Angus, seu pai.

Uma pesquisa rápida no site e nas redes sociais deles me forneceu a mesma informação. Ewan agora encabeçava o negócio e estava listado como gerente.

Seu endereço de e-mail praticamente gritou meu nome.

Me lembrei da noite em que o havia conhecido, e da manhã seguinte ainda mais dolorosa, e desejei ter sido mais gentil. Mas minhas necessidades egoístas haviam me dominado, e voltei aos Estados Unidos a tempo de ouvir a notícia de Elodie e Hollis: estavam esperando mais um filho. Já tinham três crianças, meus lindos priminhos, e agora uma quarta estava a caminho. Uma pequena surpresa, mas muito bem-vinda.

Não pela primeira vez, suspirei com tristeza pela diferença na criação dos bebês deles e a minha. Minha mãe morreu de overdose de drogas quando eu era bem pequena, e meu pai vivia entrando e saindo da prisão. Eu mal tinha feito dez anos quando Hollis me acolheu, contratando Elodie como babá antes de se apaixonar por ela e se casarem.

Eu era tão sortuda por tê-los.

Tamborilei os dedos na mesa. Como eu, Ewan tinha problemas com os pais. Ele não merecia ser penalizado por isso.

Com vigor, digitei um e-mail simpático, descrevendo as necessidades da Viagens Internacionais Kudrow. Mas antes de clicar em "Enviar", adicionei um recado pessoal no fim.

Tinha que ser sem graça, pois qualquer um poderia ler meus e-mails de trabalho, mas não consegui resistir.

Sr. McClintock, gostaria de agradecê-lo mais uma vez pela hospitalidade no outono. Gostei muito da minha estadia. Sempre me lembro dela. Hailey.

Então, continuei pesquisando o resto da lista, fingindo que meu coração não acelerava toda vez que recebia uma notificação de novo e-mail.

Mas, na hora de fecharmos, nenhuma resposta havia chegado. Acenei, me despedindo de Diane e dos outros três membros da equipe, e saí na tarde gelada de Manhattan. Como sempre, Midtown reverberava com pessoas atarefadas indo para casa ou saindo para jantar. Com casacos grossos e cachecóis para protegê-las do ar congelante, todas baixavam a cabeça e avançavam em rebanhos.

Eu tinha um convite permanente toda quinta-feira à noite para jantar com a minha família, mas não ia a Connecticut tanto quanto gostaria. Mas, naquela noite, eu iria, então, em vez de virar a minha linda bota com salto gatinho e seguir em direção ao metrô e para casa, espreitei a noite em busca do motorista do meu tio.

Uma buzina apitou, e eu sorri antes de virar à esquina. Uma limusine muito bonita deslizou para fora do tráfego e estacionou, Elodie, minha tia amada, acenava para mim do banco de trás.

— Caramba! — Entrei, para o aconchego do carro tão caloroso quanto o abraço de Elodie. — Que surpresa!

— Hollis teve que vir a Manhattan a negócios, então vim junto. Ele ainda está numa reunião, por isso vim te buscar.

— Onde estão os meus primos? — Era estranho ver Elodie sem uma gangue de pessoazinhas ao seu redor.

— Com a babá. Desculpa, mas vamos chegar bem tarde em casa por causa do Hollis, então ficaremos na cidade para jantar. Você e eu vamos a um restaurante chique, e o seu tio vai encontrar a gente quando tiver acabado.

Senti uma leve pontada de decepção, mas logo a dispensei. Por mais que eu adorasse sair com meus primos, um garoto de dez anos e gêmeas de sete, eu valorizava meu tempo com Elodie e a chance de termos uma conversa adulta.

Havia um assunto que eu tinha evitado. Talvez pudesse falar disso com ela naquela noite.

Esfreguei as mãos.

— Que tal irmos para o meu apartamento e preparamos uma lasanha juntas? Seria como nos velhos tempos.

— Fechado!

O motorista conhecia o caminho, porque eu morava no antigo apartamento de Hollis e Elodie na Park Avenue, que tinha sido o lar de solteiro do meu tio, e o lugar para onde me mudei depois que meu pai foi preso.

Estremeci, e lembranças ruins perturbaram minha felicidade. Pois é, eu não queria voltar àquela época ao falar disso naquela noite. Isso podia esperar. Então iniciei uma conversa sobre o meu trabalho e a gravidez de Elodie.

Em trinta minutos, estávamos estacionando no quarteirão residencial. Logo, começamos a preparar tudo. Elodie havia me ensinado a cozinhar, e ela tinha algum tipo de toque mágico quando se tratava de transformar ingredientes em pratos divinos.

Estávamos na metade do preparo do molho branco quando meu e-mail notificou a chegada de uma nova mensagem. Olhei para o celular.

Elodie estava ocupada, e mexer o molho era trabalho para uma mulher só. Ela provavelmente não se importaria se eu desse uma olhadinha...

Peguei o celular do balcão e chequei o e-mail que havia chegado. Ai, Deus. Era uma resposta do escocês bonitão.

Srta. LaCroix, fico grato por ter recebido sua mensagem e irei preparar uma resposta até o fim da semana. Obrigado por ter nos considerado.

At.te., Ewan McClintock

Meu coração afundou com o tom exclusivamente de negócios. O que eu havia esperado, algum tipo de cantada no meu e-mail profissional?

Então, bem diante dos meus olhos, outra mensagem apareceu.

Em relação ao seu recado, também penso nisso. Mas é um assunto bem diferente. Envie uma mensagem para este número, se quiser discutir mais.

Abaixo, ele havia passado o número do seu celular.

Fiquei olhando. Era um convite para conversarmos em particular. Ele estava sendo profissional e arrogante ao mesmo tempo, querendo conversar longe dos olhos curiosos.

O que significava um monte de coisas interessantes.

Sem remoer o assunto, salvei como um novo contato e digitei uma mensagem.

Hailey: Oi, é a Hailey.

Cliquei em "Enviar" e prendi a respiração.

— Terra para Hailey. — Elodie acenou com uma colher coberta de molho. — Com quem você está conversando? Ai, meu Deus. É um garoto, não é?

Soltei um bufo nada feminino.

— Eu tenho vinte e três anos. Eu não namoro garotos.

Ela largou a colher outra vez na panela, com os olhos arregalados de felicidade.

— Um homem, então! Me conte tudo. É sério? Como vocês se conheceram? Ele mora aqui?

— Ah, não. — Guardei o celular no bolso e fiz o sinal da cruz com os dedos, como se ela fosse o diabo. — Não vou cometer esse erro de novo. Todo namorado que eu tive foi escrutinado até a morte por você e o tio Hollis. Você vai conhecer o homem com quem pretendo me casar só um dia antes do meu casamento. Ponto final.

Ewan não era nada para mim — eu o conhecia pelo total de algumas horas de uma noite —, mas minha família era superprotetora, quase enxerida, e limites tinham que ser traçados.

Elodie deu um sorrisinho e gesticulou para que eu ajudasse com a última etapa da montagem da lasanha, unindo suas diversas partes. Molho bolonhesa cheio de carne em camadas com massa. Molho branco cremoso. Espinafre. Montanhas de queijo. Quando a colocamos no forno e configuramos o temporizador, eu estava salivando.

Uma chave na porta anunciou a chegada de Hollis bem quando meu celular vibrou com a chegada de uma mensagem. Silenciei o aparelho com um movimento dos dedos e acenei para o meu tio, enquanto ele aparecia ao final do corredor. Ele tirou o casaco gelado e me cumprimentou, mas seu olhar procurou a esposa, como sempre fazia.

Eu os deixei terem um reencontro sossegado e passei os olhos pela mensagem.

Ewan: Qual foi a parte da visita que mais te marcou?

Apertei os lábios e digitei uma resposta rápida.

Hailey: Conhecer Mirabelle, é claro. E você?

Sua resposta chegou em um piscar de olhos.

Ewan: Isso é um eufemismo? Se sim, conhecer Mirabelle me deixou sem palavras, e não tenho pensado em muita coisa, além de como conheci Mirabelle, nos últimos dois meses. Na verdade, estou deitado na cama, pensando no assunto neste exato momento...

Puta merda.

Meu queixo caiu, e foi só o som de Hollis pigarreando que me trouxe de volta ao cômodo.

— O quê? — eu disse, de forma eloquente.

— Perguntei se podemos conversar. — O olhar de Hollis recaiu no meu celular.

Com as bochechas, sem dúvida, pegando fogo, tirei o aparelho de vista.

— Agora? Quero dizer, é claro!

Ele apontou para a sala de estar, e fomos até lá, nos acomodando nos sofás brancos de formato cúbico.

Meu tio suspirou.

— Você sabia que a pena de prisão do seu pai está quase acabando?

Ah. Isso.

Meu estômago embrulhou.

— Sei. Chegou uma carta da cadeia algumas semanas atrás.

Os lábios de Hollis se contraíram, e percebi que ele estava decepcionado por eu não ter comentado sobre isso. Nós não nos conhecíamos quando eu era mais nova, então ele carregava o arrependimento constante de não sermos mais próximos. Seu irmão tinha ido para a cadeia, e eu apareci à sua porta. Bagagem instantânea para sua vida de solteiro.

— Ele também me escreveu — Hollis disse. — Quero conversar com você sobre como podemos ajudá-lo, porque se adaptar a uma vida nova pode ser um desafio.

— O que você tem em mente?

— Eu arranjaria um apartamento e encontraria um emprego para ele. Eu o contrataria, se fosse preciso.

Entrelacei os dedos.

— Gentil da sua parte.

— O que você acha?

— O que eu acho do quê? Faz doze anos que ele está preso. Eu não o conheço muito bem.

— Ele é o seu pai... — Hollis começou.

Elodie apertou o joelho do marido.

— A pergunta que Hollis quer fazer é onde o seu pai vai morar. Aqui, na cidade, ou em uma comunidade menor? Talvez mais perto da nossa casa.

— Você perguntou para ele?

— Queríamos sua opinião antes.

O fato era que eu não tinha nenhum desejo de ver meu pai tão cedo. Ele tinha sido praticamente negligente quando estive sob seus cuidados, e, desde que foi para a cadeira, ele quase nunca entrava em contato, a não ser quando precisava de dinheiro.

Natais. Formatura. Ele perdeu tudo.

Pior era que meu pai também esteve ausente em grande parte das minhas conquistas quando ainda fazia parte da minha vida.

Faltava tempo para a comida ficar pronta, mas me levantei em um pulo.

— Ele pode decidir onde quer ficar. Não faz diferença para mim. Vou preparar uma salada para a gente comer com o jantar.

Deixei meus parentes gentis e amáveis no sofá e escapuli para a cozinha, onde eu poderia me esconder. Algum dia, em breve, eu teria que encarar meu pai, mas, até lá, estava feliz em continuar fingindo que ele não existia.

Mais tarde, na cama, me lembrei da conversa que eu estava tendo com Ewan e voltei às mensagens. Ele tinha enviado outra, e passei os olhos por ela com avidez.

Ewan: Está bem. Pelo seu silêncio, fui direto demais, né? Desculpa, srta. LaCroix. Parece que não consigo acertar com você. Me considere vencido. Boa noite, lass.

Estava tarde. Tarde demais para continuar conversando com um homem em um fuso horário cinco horas à frente do meu. Ainda assim, respondi, impulsionada pelo vinho que bebi para acompanhar minha maratona de bobagens na TV depois que Hollis e Elodie tinham ido embora.

Hailey: Eu estava jantando com a minha família. Não se considere vencido. Volte ao jogo e me diga o que aconteceu mais tarde na noite em que passou na cama com a Mirabelle. Em detalhes.

Nenhuma resposta chegou, mas sorri, aconchegada nos meus lençóis macios, e me acomodei para sonhar com a Escócia.

CAPÍTULO CINCO

Essa coisa de mensagens picantes

Ewan

Com pressa, corri pela ruela até a fileira de velhos chalés na trilha que saía da hospedaria. À frente, Briana, minha prima, trabalhava, com um iPad em mãos e uma expressão feroz no rosto, determinada. Tínhamos, no máximo, uma hora antes de o meu pai chegar, e precisávamos de um bom plano.

Havíamos discutido a proposta que a empresa de Hailey havia feito entre nós e queríamos aceitá-la. Mas seria uma batalha difícil convencer a geração mais velha.

Nos dois meses desde que meu pai tinha concordado em encontrar Diane Kudrow, chefe de Hailey, eu havia conseguido aprovação para mais mudanças. Agora, Briana e eu éramos parceiros nas tomadas de decisão do negócio em família, apesar de o meu pai não ter abandonado as rédeas por completo.

Ele queria dinheiro, mas nenhuma mudança.

Nós, membros mais jovens, queríamos que as famílias tivessem seu sustento e estávamos abertos a qualquer ajuste necessário.

Dentro do primeiro chalé, Briana ligou um interruptor de luz.

Uma confusão de móveis quebrados nos encarou.

Minha prima suspirou.

— Que bagunça.

— Pois é, mas o teto ainda está inteiro, e nenhuma umidade passa por estas paredes. — Dei uma boa pancada nelas só por via das dúvidas, então, caminhei pelo cômodo.

Depois, apresentei à minha prima a ideia de transformar a fileira de chalés encantadores em lugares para locação de luxo. Decoração impecável, com refeições servidas no bar, ou os turistas poderiam cozinhar para si mesmos com um cesto de ingredientes que forneceríamos. Isso adicionaria um bom número de camas extras à nossa instalação e equilibraria a oferta que eu pretendia fazer a Viagens Internacionais Kudrow.

A empresa de Hailey.

Sua mensagem enviada nas primeiras horas da manhã tinha me deixado com a mente agitada. Eu sentia o pico de adrenalina toda vez que me lembrava do nosso beijo. Dos nossos amassos até o quarto dela.

Em dois meses, eu não havia nem olhado para outra mulher.

— Vai ser difícil convencê-lo. — Briana tocou a tela do iPad. — O tema que você quer não vai sair barato. Já posso até ouvir a revolta do seu pai quando falarmos sobre a quantidade de fios dos lençóis e da marcenaria sob medida.

Fiz uma careta e verifiquei o horário.

— Temos quinze minutos para chegarmos a um acordo quanto a como apresentar tudo para ele. Vou começar com a receita que iremos gerar, depois, vou mencionar o valor do investimento.

— É um bom plano. — Ela inclinou a cabeça. — É a mesma empresa em que aquela americana bonita trabalhava, né?

Revirei os olhos.

— O nome dela é Hailey.

Um sorriso sabichão e provocador apareceu no rosto de Briana. Eu lhe dei as costas e fui para fora.

— Você não poderia ligar para ela e pedir ajuda? — Ela me perseguiu trilha acima. — Talvez possa flertar um pouco, para termos alguma vantagem?

Era incrível o quanto Briana havia chegado perto da verdade. Eu não tiraria proveito de Hailey para obter vantagem, mas estava disposto a enviar mensagens picantes.

— Cuide da sua vida — gritei de volta. — E se prepare. Vamos entrar.

À meia-noite, finalmente cheguei à minha cama, esgotado por causa do dia, mas com o cérebro zumbindo. Por incrível que pareça, meu pai não tinha rejeitado a ideia de atender a um mercado de luxo. Começar com a potencial receita o deixou com cifrões nos olhos, e consegui o que queria: permissão para negociar em nome da família. Tudo o que eu precisava fazer era redigir a proposta e enviá-la para a empresa de Hailey.

Falando nela...

Peguei o celular e abri sua última mensagem, então, escrevi uma resposta.

Ewan: Que tal se eu contar outra história? Uma sobre quando um homem conheceu uma mulher, gostou dela, a beijou e a levou ao andar de cima. Uma em que eles não foram interrompidos.

Os pontinhos que me diziam que ela estava digitando apareceram na mesma hora.

Hailey: Acabei de chegar em casa do Pilates. Me conte mais.
Ewan: Você está toda quente e suada? Entrando no banho?
Hailey: Você quer mesmo saber, não é?

Sorri e me ajustei na cueca boxer — a única peça de roupa que eu gostava de usar na cama. Assim como no nosso primeiro encontro, conversar por mensagem com Hailey foi fácil. Nenhuma fachada, apenas atração pura e divertida.

Ewan: Sim. Com detalhes. Eu te conto os meus, se você me contar os seus.
Hailey: A água está quente. Vou entrar. Quando eu sair, quero uma mensagem (muito, muito) longa sua.
Ewan: Preciso te dizer que a ideia de você nua sob água corrente está me deixando louco.

Nenhuma resposta chegou. Ela estava tomando banho, nua. Ah, porra. Meu pau endureceu. Quem não arrisca, não petisca.

Ewan: Eu estava no chão, tirando sua calça. Desta vez, eu a tirei por completo, sua calcinha também, deixei você toda nua para mim.

Uma onda de preocupação passou pela minha mente. Eu nunca tinha feito essa coisa de trocar mensagens picantes. E apesar de Hailey e eu termos concordado com sexo casual, eu ainda não a conhecia bem.

Mas queria conhecer. Gostei do pequeno vislumbre que tive dela. Seu jeito gentil, seu lado profissional, seu corpão.

Hailey: Tomei banho rápido. Você tem que continuar. O que faria comigo depois?
Ewan: Cairia de boca em você.
Hailey: Me conte mais...
Ewan: O que está fazendo agora? Descreva para mim.
Hailey: Na cama, enrolada numa toalha.
Ewan: Tire a toalha. Se toque.

Um arrepio delicioso substituiu minha preocupação. Essa breve conversa era a coisa mais sensual que havia acontecido comigo desde... Hailey.

Hailey: Preciso saber que você também está fazendo isso.

Engoli em seco com sua vulnerabilidade e tirei uma foto no quarto escuro, o flash iluminando meu corpo. Só meu abdômen, com meu braço saindo de cena.

Ewan: Pronto. Estou sozinho em casa. Só eu e você.
Hailey: Caramba. Queria ter tido a chance de te explorar mais.
Ewan: Explore agora. O que você quer que eu faça?
Hailey: Se acaricie.
Ewan: Já estou fazendo isso, linda. Desça as mãos, deslize pelo seu corpo. Me diga o que você sente.
Hailey: Estou molhada só de trocar mensagens com você.

Puta merda. Acariciei meu pau, imaginando as curvas deliciosas de Hailey. Eu queria muito uma foto dela, mas me pareceu exagerado pedir aquilo em nossa primeira troca de mensagens. Minhas bolas ficaram apertadas em aviso. A imagem mental dela foi potente o bastante para me levar ao limite.

O celular vibrou, e uma foto carregou.

Os dedos de Hailey curvados sobre o núcleo.

Puta merda. Uma onda de excitação me dominou com a imagem obscena, e enterrei os ombros na cama, endurecendo o pau com movimentos intensos.

Com a outra mão, digitei uma mensagem.

Ewan: Isso é a coisa mais sexy que já vi. Goze para mim. Agora.

Então, encarei a foto dela e usei a mão para me bombear em um frenesi.

Hailey: Puta merda! Tudo bem. Gozando.

Meu orgasmo me atingiu como um rolo compressor. Fechei os olhos e deixei os jorros quentes pousarem no peito. Meu cérebro se embaralhou todo, e levei um minuto antes de voltar a enxergar e poder focar no celular. Nenhuma resposta havia chegado. Tomei a iniciativa, esperando que tivesse sido tão bom para a moça americana quanto para mim.

Ewan: Perdi toda a noção por alguns segundos. Tenho que me limpar agora. Cacete, mulher. Isso foi de outro mundo.

Pontos apareceram, então, sumiram. Depois, voltaram. Eu tinha me lavado e entrado debaixo dos lençóis quando a resposta chegou.

Hailey: Pois é. Nem me fale.

Eu não estava a fim de deixar a situação ficar estranha. É claro, a troca de mensagens picantes tinha sido incrível, mas a conversa ainda não havia acabado.

Achei uma foto minha parado em frente às montanhas que eram o plano de fundo da minha casa. Briana a havia tirado para usar no nosso site, mas eu ainda não a tinha postado.

Cliquei em enviar e adicionei uma legenda.

Ewan: Aqui, caso você acabe se esquecendo do meu rosto agora que viu meus músculos.

Alguns minutos depois, meu celular acendeu. Uma foto de Hailey em uma rua movimentada de Manhattan. Enrolada em um casaco de lã sob medida, ela sorria animada para a câmera, o cabelo claro ondulando ao redor do colarinho.

Hailey: Minha tia tirou esta foto no mês passado.

Ewan: Você é linda.

Nenhuma resposta chegou, então, fechei os olhos e caí no sono. Satisfeito, intrigado e gostando muito dessa nova brincadeira.

CAPÍTULO SEIS

Vá em frente!

Ewan

A semana toda, trabalhei apenas na renovação dos chalés. Aos dezesseis anos, em vez de continuar com uma educação que não combinava com minha mente prática, me tornei aprendiz de um marceneiro. Minhas habilidades nos fariam economizar muito equipando os chalés, apesar de eu ter que contratar ajuda para o revestimento e a alvenaria.

A cada duas horas, eu fazia uma pausa, enviava uma mensagem a Hailey e lia suas respostas. Nossa comunicação era descomplicada. Ela se levantava cedo, apesar de já serem onze da manhã no meu horário antes de ela ficar on-line, um fato sobre o qual eu a provocava.

Descobri que seu contrato, na agência de viagens, continuaria sendo de experiência por ainda mais vários meses, e que ela estava se esforçando para causar uma boa impressão.

Da minha parte, contei a ela que eu era filho único, mas o mais velho dos dezesseis primos.

Não mencionamos a proposta que eu estava quase pronto para enviar. Nem trocamos mensagens picantes outra vez. Às vezes eu chegava tarde em casa por causa do trabalho, ou ela tinha jantares aos quais comparecer e amigos com quem se encontrar.

Ainda assim, meu coração acelerava toda vez o que o celular vibrava, e nem liguei para as provocações de Briana a respeito do quão distraído eu andava. Era verdade. Hailey tinha entrado na minha consciência, e eu estava bem encaminhado para ter uma séria quedinha por ela. Por uma mulher que vivia a milhares de quilômetros de distância.

Hum. Pelo menos, essa mulher não poderia me deixar pela cidade grande como minha ex tinha feito — Hailey já morava nela.

Quando o fim de semana chegou, o primeiro chalé estava limpo, e uma nova cozinha tinha sido construída. Trouxemos a mobília e fizemos uma sessão de fotos para adicionar imagens à proposta para a empresa de Hailey.

Se assinassem com a gente, nos comprometeríamos a comprar todos os acessórios caros que fossem requisitados. Se não, também não faríamos uma escolha ruim por conta própria.

Mas, assim que a sessão terminou, me vi em um dilema. Eu queria dar uma repassada em tudo para garantir que acertaríamos em cheio, mas a pessoa óbvia para quem ligar era Hailey, e isso parecia um conflito de interesse, já que meio que havíamos começado uma amizade.

Abri minha conversa com ela e enviei uma mensagem.

Ewan: Você acha que teria problema se eu entrasse em contato com a sua gerente? Quero causar uma boa impressão e conseguir o contrato.
Hailey: Ótima ideia! Ela gosta de pessoas que tomam a iniciativa. Vá em frente!

Permissão concedida, me sentei na cadeira confortável de couro no escritório e liguei para a chefe dela.

— Diane Kudrow. Como posso ajudar?

— Sra. Kudrow, aqui é Ewan McClintock. Há uns dois meses, você entrou em contato com o meu pai. Estamos preparando uma oferta agora para trabalhar com você. Gostaria de saber se tem um minutinho para conversarmos?

Meus músculos ficaram tensos, e não me movi, forçando o corpo a se acalmar. Precisávamos daquele contrato.

— Ah, é claro. — A voz de Diane se animou. — Hailey mencionou que devemos esperar uma proposta sua. Como vão as coisas?

Ignorando meu pico de interesse no nome de Hailey, dei uma olhada nas anotações que eu tinha feito na caderneta e me lancei em um discurso confiante. Eu queria que Diane soubesse o que esperar antes da chegada do meu e-mail, e também queria avaliar sua reação. Assim que listei os pontos mais importantes da nossa oferta e expliquei que era eu quem estaria no comando, não meu pai, ela emitiu sons de aprovação.

— Vou aguardar ansiosamente para ver sua apresentação semana que vem — ela disse.

— As propostas serão apresentadas?

— Tenho dois parceiros de negócios, então passaremos a manhã de sexta-feira analisando os envios. Se o candidato não puder participar, como você, então Hailey irá defender a sua causa.

Refleti sobre isso. Qualquer um teria vantagem pessoalmente. Meus adversários, não importava quem fossem, estariam lá para responder perguntas e adicionar uma profundidade que eu não poderia nem imaginar a distância.

Minha ligação estava longe de ser o bastante. Além disso, Hailey tinha dito que Diane gostava de pessoas que tomavam a iniciativa.

— Vou comparecer pessoalmente — eu disse, as palavras surgindo do nada, com os cifrões se acumulando atrás dos olhos com o preço do voo.

— Ficaremos muito felizes em recebê-lo.

Desligamos, e eu encarei as paredes do escritório, imaginando como raios convenceria meu pai a pagar por aquela viagem de valor astronômico.

Então, minhas emoções duplicaram, porque, puta merda, eu veria Hailey de novo.

CAPÍTULO SETE

Meu Deus, um kilt!

Hailey

Diane ligou de seu escritório no mesmo segundo em que uma mensagem de Ewan chegou ao meu celular. Droga. Ele teria que esperar alguns segundos.

— Você não mencionou que o representante da Hospedaria Cock Bridge viria aqui. — Ela gesticulou em direção ao assento. — O sr. McClintock acabou de ligar. Preciso dizer que estou impressionada com a iniciativa dele. É uma opção melhor para nós do que aquele pai resmungão dele.

— Ah! Mas eu nem sabia disso. — Meu coração acelerou.

Ewan viria? Eu queria tanto vê-lo de novo, mas, caramba, não poderia flertar com ele. Qualquer sinal de comportamento inadequado, e Diane teria toda razão em me mandar para o olho da rua.

Minha chefe tagarelou sobre as preparações, que eu tinha todas muito bem sob controle, enquanto meu coração afundava. Assenti no decorrer da conversa, mas, dentro da minha cabeça, eu estava colocando um fim nas coisas com Ewan.

Não que tivéssemos qualquer tipo de relacionamento, além de termos dado uns bons amassos, mas eu não poderia ficar parada do outro lado do cômodo, esperando um olhar sensual dele, ou vê-lo revelar como eu havia quebrado a regra de zero confraternização do escritório.

Se ele fechasse o contrato com Diane, isso significaria uma grande quantia e muitas reservas para o negócio dele.

Eu era a única com algo a perder ali.

A leve preocupação de que ele iria começar a conversar comigo em vez de melhorar suas chances veio à tona. Mas nossas conversas não tinham sido sobre trabalho. Haviam sido sobre sexo, séries de TV, tempo, Natal, qualquer coisa, menos trabalho.

Até aquele dia, quando eu o havia dito para ligar para Diane.

Ela finalizou as instruções, e arrastei meu corpo miserável até minha cadeira e encontrei o celular. Uma mensagem me esperava.

Ewan: Adivinha quem vai para Nova York?

Bufei e joguei o celular em uma gaveta. Eu teria que colocar um fim naquilo, e isso teria que ser feito já.

Na noite seguinte, cheguei em casa do trabalho. Dois dias sem responder Ewan haviam me deixado deprimida, e me joguei no sofá sem nem tirar o casaco.

Ouvi uma batida à porta, então, suspirei fundo e me levantei para atendê-la. Em um prédio controlado por guardas musculosos, pouquíssimas pessoas podiam aparecer sem aviso, ou seja, era um vizinho. Abri a porta e logo soltei um gritinho ao encontrar minha melhor amiga, Kelsie, do outro lado.

— Ai. Meu. Deus! — Eu a puxei para um abraço muito necessário. — Quando foi que você chegou?

— Hoje cedo! Estou na casa dos meus pais, enquanto Brandon conclui alguns trabalhos. Depois, vamos embora.

— Margaritas?

— O que você acha?

Agarrei sua mão e a puxei para dentro. Na cozinha, preparamos nossos drinques e nos abraçamos de novo.

— Quando você vai para o norte?

Kelsie tinha sido minha primeira amiga quando me mudei para a cidade. Sua família morava no andar abaixo do apartamento do meu tio. Sem julgamentos, ela me ajudou a enfrentar o desafio de ser uma criança antes pobre em um novo ambiente escolar incrivelmente abastado, e eu a adorava.

Então, ela fez as malas e partiu para o Canadá com o marido militar.

— Norte? Ah, não. Nossos planos mudaram. Vamos para o Reino Unido agora. Escócia!

Meu coração titubeou, e ela continuou, me contando tudo sobre a nova casa que tinham arranjado na base aérea, um pouco mais ao norte da casa de Ewan.

Eu podia imaginar exatamente onde a base aérea ficava. Havia pesquisado a área em vão, mais de uma vez, verificando as provisões locais para visitantes e inventando pacotes de viagem na cabeça. Até imaginei abrir meu negócio, conectando diversas pequenas hospedarias e chalés para aluguel, tudo junto na mesma oferta. Coordenada, é claro, por mim, que teria uma empresa independente. Esse era meu devaneio preferido.

Fui tomar um longo gole, sem querer entornando todo o drinque.

— Por quanto tempo você vai ficar lá?

— Anos. Vou ficar com saudade.

Eu ri, pois estávamos separadas desde antes da faculdade, só nos encontramos uma ou duas vezes ao ano quando ela voltava a Manhattan. Mas conversávamos o tempo todo, e a coincidência de ela estar se mudando para o lugar que estava sempre na minha mente deixou minha cabeça zumbindo.

— Conheci um escocês — soltei. Então, quando o queixo de Kelsie caiu, peguei o celular e encontrei a foto de Ewan.

— Nossa, olá, sr. Moreno, Alto, Bonito. Meu Deus, um kilt!

— Pois é! Ele é um amor. E sensual pra caramba também.

— Vocês...? — Ela ergueu uma sobrancelha bem aparada na mesma hora.

— Quase. Trocamos mensagens picantes.

Ela ficou boquiaberta, então, riu.

— Com fotos?

— Sim. Só algumas.

— Me mostre!

Entrei em pânico e empurrei seu braço.

— Sua pervertida.

— Quero viver a experiência de forma indireta. Brandon nunca faria isso comigo. Quando estamos separados, sempre tenho que digitar os mínimos detalhes, mas... uma foto? De jeito nenhum.

Nós duas caímos na gargalhada.

— Você vai vê-lo de novo? — Minha amiga tomou um longo gole.

— Não no sentido sexual. Coloquei um fim na nossa paquera. — Listei as razões logo em seguida, sabendo que a pergunta estava a caminho.

No fim, Kelsie suspirou.

— É uma boa história, mesmo se você não puder tê-lo. Mas que pena... se você se casasse com ele, eu pelo menos teria uma amiga na Escócia.

Apoiei a testa no ombro dela e grunhi.

Casamento? Eu não podia nem mesmo estar na mesma cidade que ele para termos um encontro. Não se eu quisesse manter meu trabalho.

Não, minha paquera rápida, mas intensa, com o escocês tinha mesmo acabado.

Naquela noite, na minha cama muito depois da hora em que Ewan se deitava, digitei uma mensagem dizendo a ele que precisávamos parar de nos falar. Por dois dias, eu o ignorei, mas ele havia insistido com mensagens alegres e paqueradoras.

Foi a coisa certa a fazer.

Se eu perdesse o trabalho, meu pai sairia da prisão e teria uma filha desempregada. Uma posição inaceitável. Eu tinha que me sustentar sozinha, não mais viver do dinheiro de Hollis.

Ver Kelsie naquela noite, a mulher que havia me ajudado a vestir minha capa da respeitabilidade quando as outras crianças da escola costumavam me tratar como lixo, apenas fortaleceu meus pensamentos.

De uma vez por todas, provaria que eu não era nada como meu pai. Era o que eu teria que fazer pelo bem da minha sanidade mental.

CAPÍTULO OITO

Nevepocalipse

Ewan

Meu táxi se arrastou pelo tráfego da manhã, em meio aos arranha-céus. Buzinas ecoavam e pessoas enxameavam.

Eu era um peixe fora d'água na cidade. Tinha visitado Edimburgo e Londres, mas elas não chegavam nem perto de Nova York. Construções cinza e sem fim, uma atrás da outra, nenhuma paisagem natural à vista, o rio ao lado.

Como alguém podia preferir isso ao invés de montanhas e regatos? Aço e concreto em vez da glória da Mãe Natureza? Ponderei sobre a decisão que minha ex havia tomado. Eu não sentia mais saudade dela, mas também não entendia sua escolha. Nem um pouco.

O apelo da natureza era parte da minha apresentação. O esplendor remoto da minha terra natal acalmaria até a alma mais dura do amante das cidades. Trilhas e passeios durante o dia, acomodações luxuosas com refeições saborosas pela noite. Quem poderia querer mais?

A segunda, mas não menos importante, questão da minha ansiedade era ver Hailey. Ela tinha me dado um fora, mas eu estava pronto para colocar nossa paquera de volta nos trilhos.

Longe da vista da gerente dela, é claro.

Eu entendia sua lógica e a respeitava.

Ter um tempinho a sós com ela seria um desafio. Eu ficaria ali apenas por um dia, meu voo iria decolar às nove da noite daquele dia — um detalhe no qual meu pai havia insistido para evitar a despesa com um quarto de hotel. Mas isso ainda me deixaria com diversas horas para gastar depois que eu tivesse apresentado minha proposta.

O motorista deu uma olhada no céu.

— O tempo está piorando. Temos previsão de neve para hoje à noite.

— É mesmo? — Acompanhei seu olhar até as nuvens densas.

Em casa, as nuvens traziam consigo um leve toque alaranjado, nos avisando da tempestade que estaria por vir. Ali, o frio trespassava o ar quando desembarquei do avião. Mas eu tinha recebido de braços abertos a sensação gelada, precisando acordar depois de horas cochilando sentado em um assento apertado.

Talvez a ameaça de neve devesse me preocupar. Mas não foi o que aconteceu. A ansiedade me manteve animado.

Estacionamos em frente à agência, e dei uma gorjeta ao motorista, como era costume ali pelo que eu tinha lido, então, estava na hora do show. Endireitei a gravata e estufei o peito, inalando o ar poluído, e logo caminhei para dentro do lugar que poderia aumentar ou esgotar o dinheiro da minha família.

Duas horas mais tarde, eu estava em uma maré de sorte. Tinha apresentado a proposta como imaginado. Meu tempo já havia acabado, mas eu continuava ali, respondendo a perguntas e sendo tão charmoso quanto possível.

Do outro lado da sala, quatro pessoas assentiam durante minha história sobre as pedras eretas em nossa terra. Olhei de soslaio para Hailey. Quando eu havia chegado, ela me cumprimentou formalmente, mas não fez contato visual.

Entrei no jogo, mantendo a cabeça fria, mas, de vez em quando, eu lhe lançava um olhar, sempre que tinha certeza de que mais ninguém veria. Um gostinho arrogante de atenção para avisá-la de que eu ainda estava interessado em *nós*.

Diane apoiou a mão no joelho.

— É incrível, e queria ter tempo para ouvir mais, mas ainda temos outra pessoa para ouvir, e a fizemos esperar. Obrigada por ter vindo até aqui, sr. McClintock.

— Ewan, por favor.

— Ewan. Há algo que deseja dizer antes de ir embora?

Pensei rápido.

— Só que eu ficaria feliz em recebê-la numa próxima visita ao local.

Fizemos muitas mudanças no curto intervalo desde a visita da srta. LaCroix.

— Obrigada. Não vou me esquecer disso. Hailey, você se importaria? — Ela acenou para a bela assistente me acompanhar até a saída, e meu coração acelerou.

Eu tinha conseguido, havia feito uma boa apresentação, e agora também teria meu momento com Hailey.

Fora do escritório, ela me levou até a porta e espiou o lado de fora.

— Foi um prazer ver você de novo. Meu Deus, está nevando!

— Também fiquei com saudade.

Seu olhar correu pelo escritório, em grande parte, vazio.

— Ewan — ela sussurrou.

— Vou dar uma passada em uma cafeteria. Recomenda alguma?

— Gallagher's, a dois quarteirões subindo a rua. É a minha preferida, mas mais ninguém vai lá.

— É mesmo? Meu voo sai hoje à noite, então tenho a tarde toda para matar. Me encontre quando tiver um intervalo. Você tem o meu número.

Seus lindos olhos focaram nos meus, então ela deu um aceno quase imperceptível.

Eu queria muito me inclinar e beijá-la, mas, em vez disso, coloquei a mochila no ombro, dei a ela um olhar significativo e saí para a rua.

Ela não me deixou na mão. Mais ou menos uma hora depois, Hailey avançava pela calçada movimentada do lado de fora das janelas. A neve havia engrossado no pouco tempo em que eu estive na cidade. Grandes bolotas macias atingiam os transeuntes. Flocos de neve decoravam o cabelo de Hailey quando ela entrou na cafeteria. Me levantei da cabine, escondida nos fundos, e ergui a mão.

Então, ali estava ela, bem na minha frente.

Encaramos um ao outro, e assimilei a visão de seu lindo rosto. Cor-de-rosa pintava suas bochechas, e ela apertava os lábios, agarrando a alça fina da bolsa.

— Não posso conversar com você sobre trabalho.

— Não pedi que conversasse. Eu só queria te ver de novo, sozinha. Me deixe te olhar sem que se preocupe com a sua chefe.

Seu olhar suavizou.

— Obrigada por não ter deixado a nossa... hum, conexão parecer óbvia.

— Por que eu faria isso? Não é da conta de ninguém, só nossa.

Dei um tapinha no assento, e ela se acomodou na beirada.

— Não — eu disse, e estendi a mão até seu quadril, trazendo-a para perto.

Seu aroma floral chegou até mim.

Minha boca salivou.

— Você tem certeza de que seus colegas não vão aparecer aqui?

— Não. Na verdade, essa é uma das razões pelas quais vim falar com você. A nevasca vai ser bem forte. Diane e os outros gestores já foram para casa. Vou fechar o escritório mais cedo.

Dei uma olhada sobre ela em direção à porta.

— Mas não é nada mais do que uma poeirinha.

Hailey bufou, relaxando um pouco, mas ainda claramente preocupada.

— Não na cidade. Todo mundo entra em pânico, e tudo fecha. Já estão dizendo que os voos talvez sejam cancelados.

— Ah, droga, é sério?

— Talvez seja melhor arranjar um hotel. E já te aviso: você está numa das regiões mais caras para hotéis, que vão lotar rápido se as pessoas ficarem presas aqui.

Dei de ombros. Aquilo era um problema para mais tarde.

— Foi só por isso que você veio aqui?

Ela olhou para mim sob os cílios.

— Não. Eu também queria me desculpar.

— Por ter me dado o fora?

Hailey franziu o nariz.

— Sim.

— Eu entendo. Seu trabalho é importante. Eu respeito isso.

— Você não está com raiva? A maioria dos caras odiaria ter o ego machucado desse jeito.

Apesar de estarmos sentados lado a lado, com nossas coxas se tocando, de alguma forma, isso não era o bastante. Eu me virei para encarar Hailey, com o cotovelo na mesa.

— A maioria dos caras? Me faça um favor e não pense em outros homens enquanto estiver comigo. Você não precisa fazer isso.

Ela tossiu, rindo.

— Meu Deus, como você é arrogante. Gosto disso em você.

Então, seu olhar se fixou no meu outra vez.

Devagar, peguei sua mão e a ergui aos lábios para um beijo na palma.

Hailey se arrepiou.

Eletricidade crepitava entre nós.

Um garçom chegou à ponta da nossa mesa.

— Aceita um pouco de café?

Hailey afastou a mão com tudo.

— Por favor.

O garçom desvirou uma xícara que já estava na mesa e serviu o líquido de sua jarra de café, então, completou a minha.

— Desculpa informar vocês, mas não vamos servir almoço. Fecharemos daqui a pouco. A nevasca vai ser forte.

— Eles atualizaram as informações? Pensei que fosse chegar só mais tarde. — Hailey pegou o celular.

O garçom estalou a língua.

— A temperatura está caindo, a estrada já está escorregadia. Estamos esperando uns trinta centímetros de neve até o fim da tarde. Estão chamando de Nevepocalipse.

Bufei, mas os olhos de Hailey se arregalaram.

— Todos os voos estão cancelados — ela afirmou. — Todos mesmo.

— Não estou surpreso.

Outro cliente chamou, e o garçom deixou Hailey e eu sozinhos.

— Então estou preso aqui — disse, baixinho. Era estranho, mas a ideia não me incomodava, apesar de não ter nenhuma outra roupa, exceto a calça jeans e a camiseta que tinha usado no avião, mas eu precisava encontrar um lugar para dormir. — Você pode me sugerir um lugar para ficar que não estoure o limite do meu cartão?

— Tenho algumas ideias. — Seu olhar foi parar no celular outra vez quando uma mensagem chegou. — Ah, o escritório está vazio. Sarah, que ainda estava lá, também fugiu.

— Você precisa voltar lá?

Uma olhada ao redor me mostrou que a cafeteria estava quase vazia. As pessoas se apressavam pela rua, e um senso de urgência enchia o ar, tão pesado quanto a neve que caía.

— Sim. Eu levo o notebook para casa nos fins de semana para estar preparada, caso os clientes precisem de ajuda ou Diane tenha que falar comigo.

— O metrô parou — um dos outros garçons berrou.

Hailey grunhiu.

— Vai ser bem divertido voltar para casa. Nunca vou conseguir arranjar um táxi com este tempo. Que dia ótimo para usar botas com salto. Ah, o que estou fazendo? Você está preso, e eu reclamando do meu sapato.

— É uma preocupação válida. Me deixe acompanhar você, aí a gente pode conversar sobre hotéis. — Bebi o que restava do meu café e gesticulei para Hailey se levantar.

— Eu moro a mais de uma hora andando daqui — ela resmungou, mas saiu da cabine e me olhou.

— Eu vim das montanhas. Caminhar uma hora na neve é meu ganha-pão. Fique comigo, querida. Você chegará em casa sã e salva.

— Obrigada. — Seus olhos se iluminaram, e a cor voltou às bochechas. — Eu tive uma ideia louca, mas tenho quase certeza de que você vai dizer sim.

— Que ideia?

— Você pode ficar comigo. Tenho um quarto de hóspedes. Me acompanhe até em casa, e o quarto é seu.

Jesus. Meu coração bateu descompassado. Eu estava esperando pela chance de colocar nossa paquera de volta nos trilhos. Agora, passaríamos a noite juntos.

Em camas separadas, talvez, mas no mesmo lugar.

Nunca me senti tão grato por um tantinho de neve. Sorri, e a boca de Hailey também se curvou.

Então, estávamos baixando a cabeça e saindo correndo naquele tempo.

CAPÍTULO NOVE

Tu-tu-tudo bem

Hailey

Uma passada rápida no escritório me permitiu pegar o notebook e um par de tênis que eu havia esquecido que tinha guardado no quarto dos fundos. Graças a Deus, porque a calçada estava perigosa, e Ewan já tinha me impedido de escorregar duas vezes.

Arrumei a mochila do notebook, então tranquei a porta do escritório, muitíssimo ciente de seus olhos em mim, enquanto eu digitava o código de segurança. Ewan esperou a distância, em caso de, por alguma razão, Diane ter que verificar as câmeras de segurança e me ver indo embora com ele.

Não que ela fosse ver muita coisa através da nevasca. A neve me apedrejava, e me apressei até Ewan. Ele envolveu um braço casualmente ao redor da minha cintura, e saímos andando juntos, como se eu tivesse sido feita para me encaixar em seus braços.

— Eu moro na Park Avenue. Seguiremos pela Quinta Avenida até depois do parque. Vamos levar um pouco mais de uma hora com este tempo.

— Sem problema — foi sua resposta confiante, e depositei minha fé no escocês sabichão.

O ar gelado e o ritmo que mantivemos impediram a maior parte da nossa conversa. Mas o aperto de Ewan em mim não afrouxou. Sob nossos pés, a neve se acumulava, formando um lamaçal instantâneo e revolto. Não era a versão divertida da neve, onde era possível se demorar e fazer bolas para arremessar. Havia chegado do nada, trazendo um frio amargo consigo.

Ao nosso redor, pessoas engravatadas em seus sapatos escorregadios davam o seu melhor para chegar aonde quer que estivessem indo, mas, quanto mais andávamos, mais forte a neve ficava. Quando chegamos ao Central Park — quase trinta minutos depois do começo da nossa caminhada —, eu tremia; meu casaco de inverno adequado de sempre não estava à altura do trabalho de me manter aquecida.

— Você está bem? — Ewan perguntou.

— Está tu-tu-tudo bem. — Meus dentes bateram.

Ewan me observou.

— Não está, não. Seus lábios estão azuis. Levante a mão.

Meus pés tinham se transformado em dois blocos de gelo, e meus dedos doíam. O braço tremeu enquanto eu o erguia.

— Isso não vai dar certo. — Ele apoiou as mãos nos quadris e olhou para a rua.

Menos carros do que já vi passavam por ali.

Então, Ewan avançou e parou bem no meio do caminho de um táxi. O carro deslizou até parar, e o motorista se inclinou sobre a buzina.

— Você está louco? — o taxista gritou.

Ewan o ignorou e bateu forte no vidro de trás.

— Ei, colega, você está ocupando um assento, mas tem espaço para três. Minha *lass* está congelando aqui, e se não deixar a gente dividir a corrida, será culpa sua se ela adoecer. Que tipo de homem você seria, então, hein?

A porta se abriu, e um empresário colocou a cabeça para fora. Ewan não esperou. Ele abriu a porta ainda mais e logo estendeu a mão para mim. Segurei seus dedos e o segui para dentro do carro, enquanto o empresário reclamava. Aquilo quebrava todos os tipos de etiqueta da cidade, como notei vagamente, mas, por outro lado, eu não dava a mínima. Ewan tinha razão. A queda de temperatura estava me machucando, e eu precisava chegar em casa.

— Anda logo, cara. — Ewan bateu no vidro, e o motorista que se queixava avançou.

Fechei os olhos, com gelo escorrendo pela calça fina do terninho e encharcando meus pés. O braço de Ewan encontrou seu caminho ao meu redor outra vez, e ele me abraçou, murmurando palavras doces.

Pouco tempo depois, o carro desacelerou, e eu abri os olhos para descobrir que estávamos perto de casa.

— Aqui está bom — murmurei, a mandíbula ainda doendo por ter estado tremendo.

Tentei pegar a bolsa, mas Ewan me olhou feio e entregou seu cartão ao motorista. O empresário pigarreou e disse que ficaria por conta dele, e nenhum de nós discutiu, agradecendo a carona compartilhada.

Segurando o braço de Ewan, eu o conduzi a atravessar a rua até a linda construção de pedra branca. O silêncio do lobby foi uma bênção, e a recepção estava vazia, então entramos no elevador e fizemos todo o percurso até lá em cima.

Meu sangue gelado começou a circular de novo, e consegui enfiar a chave na fechadura na primeira tentativa.

Se Ewan ficou impressionado que eu vivia na cobertura em uma das ruas mais exclusivas de Manhattan, não demonstrou. Mas seu queixo caiu quando entramos no apartamento e caminhamos pela entrada de mármore até a sala de estar rebaixada e minimalista, com janelas que iam do chão ao teto voltadas para um Central Park nevado. O efeito era de tirar o fôlego.

— Jesus — Ewan proferiu, com o casaco grosso já nas mãos.

Sem qualquer cerimônia, me joguei no sofá e abri os botões do casaco.

— Tive a mesma reação quando entrei aqui pela primeira vez. Eu era uma criança sem muito dinheiro, e me senti uma invasora indigente. — Adicionei a explicação que o momento pedia: — O apartamento é do meu tio Hollis. Ele me trouxe para cá quando... quando precisei de um lar. Ele mora com a família no campo agora.

Ewan se virou para me encarar e notou minha dificuldade.

— Me deixe te ajudar. — Ele se ajoelhou no tapete felpudo e me ajudou a tirar o casaco. Agora, ali dentro, eu estava quente demais, apesar de a minha pele continuar gelada.

Depois, Ewan tirou meus tênis, arrancando as meias encharcadas junto. Curvou os dedos sobre os meus, e tudo o que pude fazer foi observá-lo.

— Você deveria tomar um banho. — Sua voz soou rouca.

— Você também — eu disse. Não importava o quanto ele fizesse papel de durão, deveria estar congelado até os ossos. Então, pisquei. — Ai, meu Deus. Não era para ter soado como uma oferta para tomarmos banho juntos.

— Não? — Seus olhos brilharam, se divertindo, e não consegui impedir o sorriso.

— Vou te mostrar o quarto de hóspedes. Você trouxe uma muda de roupa?

— Trouxe, moça.

Apesar de eu estar quase congelada, seu uso casual da palavra "moça" lançou uma onda de calor pelo meu corpo, se empoçando no meu núcleo.

Eu me levantei sem jeito e fui em direção ao corredor. Ewan me seguiu até o quarto de hóspedes.

Então, ele invadiu meu espaço pessoal.

Cara a cara, o homem era uma cabeça mais alto do que eu, e, quando ergui os olhos, encontrei os dele em chamas.

— Este é o seu quarto — eu disse em um suspiro.

Devagarinho, ele segurou minha cintura e aproximou nossos corpos, então sua boca pousou na minha para um beijo breve, quente e casto demais.

— Obrigado por ter me trazido para casa com você.

Eu poderia ter arranjado desculpas. Mas encontrar um hotel naquele dia teria sido um pesadelo para ele, e a cama de hóspedes estava ali e pronta para ser usada. Mas apenas assenti, querendo muito sentir outra vez a pressão quente de seus lábios.

Ewan me observou por um momento, então, deu uma leve bufada e se virou para entrar no quarto. Ele foi direito ao banheiro, deixando a porta aberta, então, colocou a mão para trás e puxou a camisa pela cabeça.

Aqueles bíceps... Suas tatuagens.

Dei um gritinho e estiquei a mão para fechar a porta do quarto que dava para o corredor, depois corri para o meu quarto.

Eu sabia o que estava fazendo ao trazê-lo para casa. Eu desejei Ewan desde o momento em que o vi, mas não esperava o quanto o desejo acabou se fortalecendo.

Aquela noite seria divertida pra caramba. Assim que eu descongelasse.

No meu quarto, me livrei das roupas molhadas e me esquentei sob a água quente. Saber que Ewan estava fazendo a mesma coisa no quarto ao lado, nu, deixou minha pele formigando, mas me apressei no banho e me vesti com um suéter rosa-claro e calça de ioga.

Em geral, com homens, eu usava uma máscara. Uma armadura, talvez. Tia Elodie havia me ensinado a ser cautelosa com relação a em quem eu confiava. Antes de se casar com Hollis, ela trabalhava em uma agência de detetives particulares, pegando maridos infiéis no flagra, então sabia do que estava falando. Havia me aconselhado a ver como namorados tratavam suas mães e irmãs, e a notar quantas amizades de longo prazo tinham conseguido manter.

O que eu sabia sobre Ewan? Eu o tinha visto fazer piada com a prima, Briana, e ele parecia ser o coração da sua comunidade.

Não dava para ser mais fundamentando do que isso.

Abri a porta com tudo. O quarto de hóspedes já estava vazio, então, fui até a cozinha.

Em uma calça jeans que abraçava um traseiro muito bonito, Ewan analisava os eletrodomésticos.

— Cadê a sua chaleira?

— Não tenho uma.

— Como você ferve água para tomar chá?

Dei de ombros, com o humor retornando.

— Micro-ondas? — Sua expressão indignada me fez soltar uma risada. — Somos uma nação que bebe café. Chá é para quando estamos doentes.

Ewan resmungou, encheu duas xícaras na torneira e as colocou no micro-ondas. Apoiei um quadril no balcão e o observei, notando com prazer como as mangas da camiseta preta se esticavam nos braços musculosos.

Eu apostava que todos aqueles músculos não tinham vindo da academia. Ele fazia trilhas na montanha para se exercitar. Talvez erguesse toras ou rochas em vez de halteres.

— Você pelo menos tem chá aí? — Sua voz me arrancou dos meus devaneios.

— Humm... Sim! Uma caixinha logo ali. Vou pegar. — Eu me virei para abrir um armário, então, tirei dali uma caixa.

Quando me virei, Ewan estava bem atrás de mim.

Prendi a respiração.

— Valeu — ele disse, perto demais.

Encostei a caixa em seu peito e deslizei a outra mão pelo ombro firme até sua nuca. Então, puxei-o de leve para trazer sua boca à minha.

Ewan não hesitou. Ele jogou a caixa para trás de mim e, em seguida, pressionou meu corpo no dele. Com um movimento autoritário, assumiu o controle do beijo, acariciando minha boca com a língua.

Igualzinho ao nosso primeiro beijo, eu derreti. Seu gosto fez algo com meu cérebro, e apaguei por um instante, agora capaz de viver totalmente o presente de um jeito que, na maioria das vezes, eu não conseguia.

Meu Deus, esse homem sabia beijar. Ele era calor, atitude e descaradamente másculo. Deslizes firmes e sensuais de sua boca. Puxadas gentis, mas persuasivas, que me faziam exigir mais.

— Estava com saudade disto. — Ele encostou os lábios na minha bochecha e, logo em seguida, abaixo da orelha.

Arfei e virei o pescoço para lhe dar um acesso melhor.

— Impossível. Só fizemos isto uma vez.

— Não nos meus sonhos. Eu revivi aquela noite diversas vezes.

Meu Deus! Segurei seu rosto e coloquei sua boca de volta na minha. Ewan me ergueu para me sentar no balcão e encaixou o corpo amplo entre as minhas coxas.

Em um minuto, enquanto ele explorava minha boca, eu estava arfando e me agarrando a ele.

A campainha tocou.

— Ignore — ordenei, e o beijei de novo.

O sorriso de Ewan me tirou dos eixos.

— Quem poderia ter vindo te procurar? Podem estar preocupados.

Eu me afastei alguns centímetros, com a mão em seu peito.

Sob minha palma, seu coração batia acelerado. *Muito bom.*

Igual ao meu.

— Tudo bem, vou atender — respondi.

Ewan me ajudou a descer, com o sorriso arrogante ainda firme no rosto, então, voltou a focar em sua missão de preparar o chá, enquanto eu ia atender à maldita porta.

O rosto preocupado de Kelsie me cumprimentou.

— Você está aqui! Dá para acreditar nesta neve? — Ela deu um passo para frente, desenrolando o cachecol grosso. — Cheguei em casa e vi o elevador parado no seu andar, então, dei uma passada rápida nos meus pais e vim te ver.

— Hum, Kels?

— Você deve ter chegado em casa bem na hora. Está tudo branco lá fora. Parece até coisa de filme. — Ela continuou a entrar ainda mais no apartamento. — Minha mãe me mandou subir aqui com a ordem de te arrastar para o almoço. Ela ia receber um grupo de amigas, só que nenhuma vai conseguir vir. Mas a minha melhor amiga está aqui, então será divertido. Você está pronta?

Ewan apareceu no fim do corredor.

Com um sincronismo quase cômico, Kelsie deu um pulo e parou.

Ela olhou de volta para mim, com olhos arregalados em uma expressão encantada e diabólica.

— E quem é esse?

— Kelsie, conheça Ewan. Ewan, esta é minha melhor amiga, Kelsie.

Ela quase saiu saltitando e apertou a mão dele.

— É um prazer te conhecer — Ewan disse.

— Você é escocês? — Kelsie perguntou. Então, seu olhar encontrou o meu de novo, a ficha caindo. — Era desse homem que você estava me falando?

— Shiu! — Eu me aproximei deles.

Ewan sorriu e prendeu as mãos sob as axilas.

— Vocês dois deveriam vir almoçar — Kelsie declarou. — Meu marido e eu estamos prestes a nos mudar para a Escócia, e tenho um monte de perguntas. — Ela soprou a franja. — Espera aí, a não ser que vocês estejam ocupados agora. Jantar também é uma opção. Quero dizer, se você ainda estiver aqui, Ewan.

— Sim, estarei.

Kelsie praticamente fez uma dancinha no lugar com aquela informação.

— Podemos ir agora — eu disse, sem perder tempo.

Me apressei até o quarto e vesti uma calça larga, então, voltei correndo para que Kelsie não passasse muito tempo sozinha com Ewan.

Mais tarde, eu teria aquela chance. Com sorte, só havia tido um gostinho do que aquele homem era capaz de fazer.

CAPÍTULO DEZ

De fascinação a obscenidade absoluta

Ewan

Durante o almoço animado com os amigos de Hailey, minha *lass* me lançou olhares que iam de fascinação a obscenidade absoluta. Por mais agradável que fosse ter companhia, eu mal podia esperar para levá-la para casa.

— Para onde na Escócia vocês vão se mudar? — perguntei a Kelsie e Brandon, o brutamontes que era seu marido militar.

Eu era grande, mas ele era um monstro.

— Moray.

— Força Aérea Real de Lossie?

O homem se animou.

— Lossiemouth. Exato. Você serviu?

— Não, mas um parente meu sim. Gordain McRae. Ele foi treinado para ser piloto de helicóptero lá. Eu moro a cerca de uma hora ao sul, para dentro do Parque Cairngorms. Quando vocês vão se mudar?

Eles me contaram tudo sobre os planos de transportarem sua vida para o estrangeiro. Ouvi e me compadeci de Kelsie, porque não era possível que fosse divertido ser esposa de um militar, mas, sem parar, minha atenção recaía em Hailey.

No voo de vinda, eu havia tentado identificar o que era que me intrigava nela. Vendo-a agora, beijando-a, a resposta ficou nítida como o dia. Era a química, antes de tudo. A química que senti quando a vi pela primeira vez. Também nos conectávamos através da conversa.

Tê-la visto ficar roxa de frio mais cedo me deixou louco.

Hailey havia me deixado no chão, simples assim.

Outra hora se passou antes de conseguirmos sair de forma educada. Hailey e eu agradecemos aos nossos anfitriões, então, caminhamos pelo corredor até os elevadores.

Ao meu lado, ela olhava para frente.

A energia se arrepiou dentro de mim.

O elevador chegou, e nós entramos, acenando mais uma vez para as pessoas simpáticas que tinham nos alimentado, mas, assim que as portas se fecharam, nosso controle evaporou.

Me virei para Hailey na mesma hora em que ela se voltou para mim. Sem querer perder tempo, eu a ergui, e ela inspirou fundo e, logo, enrolou as pernas ao redor da minha cintura.

Jesus. Encostando-a no espelho, lhe dei um beijo furioso, desejoso, caso ela estivesse preocupada com a possibilidade da minha paixão ter diminuído. Hailey murmurou em apreciação e respondeu ao meu entusiasmo com dez vezes mais vontade.

No andar da cobertura, carreguei-a quase cego pelo apartamento até a sala escassamente mobiliada. A vista não me interessava nem um pouco, apesar de a escuridão transformar a cidade em um cinza cintilante.

— Você mora sozinha aqui, né? — Coloquei Hailey no sofá e me sentei de cócoras.

— Aham.

— Não está esperando nenhuma visita?

— Não.

— Ótimo. — Levei a mão até a bainha de seu suéter enquanto ela agarrava o meu.

Cedi e arranquei a blusa, revelando meu peito nu. Hailey fez o mesmo. Então, o sutiã lindo e rendado desapareceu. Cobicei seus seios altos e firmes.

Ela lambeu os lábios e se recostou nas almofadas.

— A calça também.

Obedeci e tirei toda a roupa. Sem cueca, eu estava exposto ao seu olhar faminto. Meu pau balançava com o próprio peso, e eu o segurei.

— Agora, você — quase rosnei.

Hailey ergueu o traseiro insolente e se contorceu ao se livrar do resto das roupas. Não havia nada a fazer, então subi no sofá, cobrindo seu corpo nu e deslumbrante com o meu.

Nenhum de nós fez outra pausa. Nus, nós nos beijamos, com a urgência em nossas colisões.

Eu me abaixei e abocanhei seus seios, dando amor ao mamilo, contornando-o até se tornar um cume. Ela enterrou os dedos no meu cabelo e entrelaçou as pernas com as minhas. O gemido que Hailey deu quando pressionei os lábios em sua barriga, antes de continuar descendo, fez meu sangue esquentar.

Pensei que, depois de um ano, eu estaria enferrujado. Mas não. O corpo de Hailey precisava ser venerado, e eu estava feliz em ser seu devoto. Nunca tinha me sentido tão excitado, e mal havíamos começado.

Na altura de suas coxas, afastei suas pernas com as palmas e mergulhei para lambê-la bem onde importava. Ela gemeu, e repeti o movimento, saboreando o paraíso.

— Mais — ela implorou.

— Seja paciente. — Beijei sua coxa, então, deslizei um dedo pelo âmago encharcado e exposto e o empurrei para dentro.

— Meu Deus! — Hailey choramingou.

Adicionei outro dedo, esticando-a, então, me curvei para chupar o clitóris.

Hailey se contorceu sob mim, pedindo que eu continuasse. Os gemidos ficaram mais altos, até ela se contrair e colapsar, os músculos internos apertando meus dedos.

Puta merda.

Voltei à sua boca, e ela me beijou durante o orgasmo.

Meu pau latejava de desejo, e me esfreguei nela. Hailey apontou para a bolsa que havia descartado antes.

— Camisinha. Embalagem na bolsa.

— Deixe comigo. — Em quinze segundos, eu tinha me protegido e estava de volta ao exato lugar onde queria estar.

Acomodei Hailey no meu colo, e ela se levantou e me pôs no lugar.

— Eu imaginei isto tantas vezes — ela confidenciou em um sussurro.

— Eu também. Sozinho no meu quarto escuro, com você no celular. Eu te queria nos meus braços.

Hailey afundou em mim.

Nós dois gememos.

— Perfeito demais — murmurei.

— Meu Deus, Ewan — foi sua resposta.

Hailey agarrou meus ombros e me cavalgou, com os joelhos afundando nas almofadas. Naquela posição, eu podia observar o desejo marcar seus traços, e aquela expressão... gostei até demais.

Acompanhava seus movimentos com estocadas, golpeando-a, enquanto ela fazia seu trabalho. Juntos, aos poucos fomos nos levando à loucura. Cada investida dos meus quadris a fazia arfar. Cada vez que ela descia, faíscas esvoaçavam no meu cérebro.

Seus seios se espremiam contra mim, então brinquei com ela, ficando ainda mais excitado até estar quase cego de desejo, precisando gozar.

Minha respiração vinha rasa. Minhas bolas ficaram apertadas. Eu queria fazê-la gozar de novo antes de a primeira rodada acabar, mas estava perto demais. Eu estava...

— Ewan! — Hailey jogou os braços ao meu redor e me beijou, sobrevivendo ao segundo orgasmo.

Eu a levantei e inverti nossas posições, para que ficasse de novo sobre Hailey. Então, dei início a um ritmo louco, estocando freneticamente.

Um longo gemido me escapou, e gozei com um êxtase de deixar a cabeça girando. Dei mais um impulso antes de colapsar em uma cama macia feita de Hailey.

Ela riu e me abraçou, a respiração tão difícil quanto a minha.

— Foi melhor do que nos seus sonhos?

— Foi, linda. Imbatível. Agora, venha aqui.

Nós nos beijamos até eu ficar duro de novo, mas Hailey me levou ao chuveiro. Lá, ela me ensaboou, então, ficou de joelhos para se familiarizar melhor com o meu pau.

Sua boca quente foi responsável pelo meu segundo orgasmo, mas eu queria mais.

Depois, quando estávamos secos, ela me olhou.

— Você acabou de murmurar algo para o teto?

— Foi um agradecimento ao cara lá de cima por ter enviado a nevasca. Sem ela, isto nunca teria acontecido e seria uma grande pena.

— Concordo totalmente — disse Hailey, sorrindo.

Então, fomos até a cozinha para resolver o que comeríamos. Talvez alguns aspectos da cidade grande não fossem tão ruins assim, afinal de contas.

Ou talvez, fosse só Hailey.

— Quantos anos você tem? — Hailey se sentou no balcão, com os pés descalços apoiados no armário abaixo.

— Vinte e oito. Você tem vinte e três.

— Como você sabe?

— Você gritou para o meu pai.

Ela riu.

— Gritei mesmo. Desculpa.

— Que nada. Ele mereceu.

— Você tem um nome do meio?

— Angus. Você?

Ela tocou o queixo.

— Ewan Angus McClintock. Sexy pra caramba. Não tenho. É só Hailey LaCroix.

— Tudo bem, Hailey "sexy pra caramba" LaCroix. Experimente. — Ergui uma colher cheia de molho, e ela experimentou.

— Que delícia! Você sabe cozinhar. As coisas só melhoram.

— Está feliz de eu ter ficado preso aqui?

Seu olhar suavizou, e ela ergueu o queixo em um "sim". Seu sorriso desencadeou uma enxurrada de emoções no meu peito. Emoções que eu não estava esperando. Voltei a focar no molho cremoso — pronto para ser derramado sobre o frango e servido com vegetais salteados —, sem me permitir pensar muito no quanto eu gostava dela.

Comemos em uma mesa com tampo de vidro, posicionada em frente às grandes janelas. Ali, dei uma boa olhada na vista que Hailey tinha da cidade. A neve caía mais devagar agora e havia se acumulado em tudo. Poucos, se algum, carros patinavam pelas ruas, e todo o lugar passava uma sensação de paz, em total contradição com a pressa frenética na qual eu havia pousado.

Da mesma forma, o apartamento de Hailey passava uma sensação minimalista, organizada. Superfícies brancas e polidas. Nenhum puxador em nenhuma gaveta. Muito diferente da minha casa rústica de pedra e madeira.

— Você gosta de morar aqui? — perguntei.

— Sim e não. Meus amigos estão aqui, e o meu trabalho, mas passei os primeiros dez anos da minha vida em uma cidade pequena. Meus tios vivem em Connecticut, e quando passo um tempo lá e vejo as crianças correndo pelo jardim gigante que eles têm, sinto falta do ar livre. Mas isto — ela gesticulou para os arranha-céus e luzes que piscavam — está bom por enquanto. Amo poder voltar para casa às três da manhã, e amo que a comida por entrega chega em trinta minutos a qualquer hora. Amo ir aos melhores museus e galerias de arte do mundo quando quero. Quando tiver filhos, acho que essas prioridades vão mudar.

Mastiguei meu último pedaço de frango e refleti sobre isso.

— Você quer ter filhos?

— Aham. Tive uma infância meio difícil, e era obcecada em pensar como eu faria tudo diferente. Tive uma terapeuta ótima por um tempo, e ela me ajudou a transformar a negatividade em positividade. Aprendi as lições, sabe?

Ela tinha falado sobre os parentes, mas não sobre os pais.

— Posso te perguntar o que aconteceu?

Hailey bebeu o resto do vinho e repousou a taça na mesa com um tilintar.

— Talvez outra hora. Gosto de ter você aqui e não quero estragar tudo nos deixando deprimidos.

Meu coração ficou apertado, mas ela tinha razão e aquilo não era da minha conta.

— Então o que faremos em vez disso?

Hailey limpou a boca com um guardanapo, então, se levantou e recolheu meu prato e o dela antes de ir rebolando para a cozinha.

— Ah, vou pensar em algo. Sorte a sua que tenho uma imaginação fértil.

Ai, Deus, gostei muito, muito dela.

CAPÍTULO ONZE

Aquela coisa da qual não vamos falar

Hailey

Um braço musculoso e quente envolveu minha cintura, e Ewan beijou meu pescoço. O pau pressionou meu traseiro, e rebolei nele.

Na noite anterior, tínhamos transado, assistido a um filme com pipoca e, depois, caído juntos na cama. Na minha cama. Fazia um bom tempo desde que um cara tinha passado a noite ali, então pretendia tirar o máximo de proveito daquilo.

— Pegue uma camisinha — murmurei, ainda não totalmente acordada.

Ewan soltou um barulho rouco, então, rolou para longe. Uma embalagem metálica estralou e, logo, sua mão pousava no fim das minhas costas, arrastando o short do meu pijama pelas pernas.

Ele encaixou o pau no meu núcleo e, sem demora, se impulsionou para dentro, nós dois arfando com um desejo sonolento.

Eu me empurrei nele, mas o show era de Ewan. Ele me puxou em direção ao peito, então, estocou, se demorando. Uma das mãos se enfiou dentro da minha camiseta para apalpar meus seios, e a outra foi em direção ao clitóris.

Ele me estimulou, devagar e sem parar. O grande pau me esticou, atingindo o mesmo ponto de novo e de novo, enquanto os dedos torciam meus mamilos ou esfregavam o clitóris em movimentos circulares.

Sexo era uma raridade para mim. Sexo bom, então, era uma criatura mítica.

Um orgasmo espiralou bem fundo dentro do meu corpo.

Estávamos no ângulo errado para um beijo, então fiz meus dedos se unirem aos de Ewan, primeiro, nos meus seios, depois, no centro escorregadio onde nos uníamos.

— Você está gostando? De me sentir aí dentro? — ele perguntou.

— Sim.

Ele rosnou e se moveu mais rápido. Estocadas regulares e firmes que me fizeram aquietar meus esforços, deixando-o fazer o que quisesse. Meu corpo cantou, o calor aumentado, com a respiração pesada. Tensionei os músculos, o prazer emanando de múltiplos lugares de uma só vez e me deixando louca.

— Goze, *lass* — ele disse em meu ouvido.

Aquilo nunca tinha funcionado comigo antes, a ordem para gozar sob comando, mas desta vez funcionou, e me estilhacei, gozando pra valer antes mesmo que pudesse abrir os olhos para a manhã. Eu me segurei em Ewan, me derretendo, satisfeita.

Ele prendeu meu corpo ao dele, então, pouco tempo depois, gemeu com o próprio orgasmo no silêncio do meu quarto.

Senti cada pulso e espasmo. De alguma forma, foi muito mais íntimo do que deveria ter sido. Talvez porque eu me sentisse tão relaxada com ele.

— Bom dia, linda. — Ele beijou meu cabelo.

Eu ri, meu riso uma surpresa.

— Bom dia para você também.

Então, meu desejo foi realizado de ter sua boca na minha outra vez. Que jeito incrível de acordar.

Uma hora depois, olhávamos pelas janelas, xícaras de café fumegando nas mãos. Eu havia me oferecido para preparar o chá de Ewan que tínhamos ignorado no dia anterior, mas ele estava disposto a experimentar as coisas do meu jeito.

Do lado de fora, a neve cobria tudo, e carros criavam grandes protuberâncias brancas nas ruas vazias.

O Nevepocalipse havia transformado Manhattan em um belo deserto.

Ewan voltou sua atenção para mim.

— Vou me arriscar e dizer que é improvável que eu pegue um voo hoje.

— Pois é.

Seu profundo olhar castanho se focou no meu.

— Você quer que eu arranje um hotel?

— O quê? Por que você faria isso? Minha casa não é boa o suficiente? — Ergui uma sobrancelha, indignada.

A boca de Ewan se curvou em um sorriso.

— Você sabe que não foi isso o que eu quis dizer. Não quero abusar da sua hospitalidade, só isso.

Era estranho, mas havia entendido o que ele quis dizer, e senti a necessidade esquisita de embalá-lo em um abraço para acalmar sua mente. Mas fazer isso seria pular de uma conexão física a uma emocional, e eu conhecia meus limites. Estava bem ciente do quão perigosamente perto estava de me apegar a ele, e eu não deixaria isso acontecer.

Dei um passo para trás, sorrindo acima da xícara.

— Se preparar outra refeição como a de ontem à noite, você pode ficar.

Ele veio na minha direção, mais gostoso do que um homem tinha o direito de ser em uma cueca preta e uma camiseta justa.

— Se te alimentar me der outro dia e outra noite com você, vou dedicar minha vida a me tornar um chef.

— Gostei. Agora, venha cá. Tenho um plano — eu disse.

Levei-o ao meu quarto, então, até o closet. Uma ou duas vezes por ano, eu ia esquiar em Vail com Hollis e Elodie, por isso eu tinha roupas de inverno que, de outra maneira, nunca viam a luz do dia.

Tirei um casaco grosso do suporte.

Ewan apoiou um ombro no batente da porta e assentiu em aprovação.

— Você está na minha cidade e será oficialmente meu convidado pelas próximas vinte e quatro horas. Vou te mostrar a região.

Ewan apontou para o par de esquis no fundo do armário.

— Podemos levar isso lá para fora?

Soltei uma risada.

— Nem todo mundo tem uma montanha no quintal, então não. Vamos andar até o parque. Abriremos o apetite e, depois, vamos voltar para o almoço e uma soneca da tarde. O que acha?

— Acho que eu não preferiria estar em nenhum outro lugar.

Trinta minutos depois, saímos do meu prédio e pisamos na terra encantada. Vizinhos que eu quase nunca via estavam fazendo a mesma coisa, andando com cuidado pela neve densa, com olhos arregalados de alegria. Eu já tinha visto neve ali antes, mas nada como naquele dia. A agitação usual da metrópole havia evaporado.

Estávamos no intervalo entre o Dia de Ação de Graças e o Natal, e decorações que eu mal havia notado antes, agora se destacavam. Luzes ao redor de portas. Árvores em janelas com decorações presas em formato de arco.

Eram coisas com que eu não me importava, pois tinha sido no meio da apresentação de Natal na minha escola que descobri que meu pai estava sendo preso, então as festas de fim de ano podiam ir à merda, mas quase pude admirar as decorações naquele dia.

Ewan posicionou um braço confiante ao redor das minhas costas, e caminhamos esmagando o chão gelado juntos. Na Quinta Avenida, entramos no Central Park e seguimos em direção aos campos. O rosto de Ewan se iluminou com o espaço aberto, então, ele saiu correndo e juntou um pouco de neve.

— Nem ouse — avisei.

Sua bola de neve passou zumbindo pela minha orelha.

Eu o encarei, mas ele já estava com outra pronta em mãos.

— A primeira foi um aviso. Agora, é guerra.

— Ah, é? — Peguei um pouco de neve também, desviando do ataque de Ewan.

Jogamos bolas de neve um no outro como se fôssemos crianças, até eu berrar com o filete gelado que desceu pelo meu pescoço.

Quando notei, eu estava nos braços dele, caindo em um monte de neve.

Nós nos beijamos bem ali, no meio do parque, e foi o momento mais romântico de toda a minha vida.

Quando chegamos em casa, meus dedos formigavam de novo. Ewan se apressou para fazer o chá, eu esfreguei as mãos e liguei o notebook.

— Desculpa, mas tenho que dar uma olhada no trabalho e talvez retornar alguma ligação.

— *Dinna fash.* Vou preparar o almoço. — Ele deu um beijo no meu cabelo e me entregou uma xícara quente de chá para me ajudar a descongelar.

— *Dinna fash* significa "não se preocupe"? — Passei os olhos pela caixa de entrada.

— Aham.

— Legal! Eu sei falar escocês.

Ewan bufou, rindo, mas minha atenção foi roubada por uma mensagem de Diane.

Remetente: *Diane Kudrow*
Assunto: *Pré-seleção*

Prezados,

Abaixo está a pré-seleção para os pacotes de viagem à Escócia. Passaremos à fase seguinte depois do Natal, e o objetivo é ter a oferta pronta para as vendas na primavera.

A mensagem continuava detalhando as tarefas de diversas pessoas, mas rolei para baixo, com o coração acelerado. Apesar de não termos nenhuma vez mencionado o trabalho, eu tinha visto a apresentação de Ewan e sabia o quanto era importante para ele assinar o contrato.

Hospedaria Cock Bridge

Meu Deus! Sua empresa estava no topo da lista. No topo! Diane não havia mencionado um ranking, mas isso era um bom sinal.

Ewan atravessou o cômodo com os talheres e arrumou a mesa de jantar. Ele me deu um sorriso sexy, e voltei a curvar a cabeça para o notebook, saindo do e-mail.

Eu tinha a informação que ele queria. Será que poderia dizer algo? Seria apenas uma questão de tempo até ele descobrir, pois uma das minhas tarefas era me encontrar com Diane e discutir as ofertas recebidas até termos um grupo óbvio de vencedores.

Por vinte minutos, eu me distraí, respondendo aos clientes, então, parei para comer um sanduíche quentinho com Ewan. Depois, ele se esticou no sofá e acenou para que eu me deitasse com ele.

— Daqui a pouco. Tenho que finalizar algumas coisas.

— Não demore — ele murmurou, então, jogou os braços sobre os olhos e, dentro de um minuto, começou a roncar baixinho.

Meu sono não chegou. E eu não tinha mais trabalho com o qual procrastinar, então coloquei um filme calmo e me enrolei aos pés de Ewan.

Mas devo ter cochilado, porque acordei sendo carregada nos braços fortes dele. Ele beijou minha testa e me levou até a cama, então, nos enrolamos um no outro, e outra hora se passou.

O sexo, o exercício, isso tinha nos deixado esgotados.

Ainda assim, não havia outro homem no mundo com quem eu poderia imaginar me sentir tão confortável quanto com Ewan.

Mais tarde naquele dia, depois de termos acordado e ele ter caído de boca em mim, Ewan me acompanhou até a cozinha. Vasculhou a geladeira e os armários, me questionando sobre o que eu queria.

Mas a pressão estava me corroendo.

Eu o observei, vendo famílias que dependiam dele, que tinham depositado suas esperanças nessa visita.

Ele era tão gentil, doce e esforçado. Generoso, e não só na cama, mas em tudo o que fazia. No caminho de volta do parque, ele parou para ajudar um senhor mais velho na calçada. O idoso queria ter dado um passeio rápido, mas descobriu que não conseguiria se mover com tanta facilidade na neve.

Ewan o acompanhou até em casa.

Uma pessoa tão boa assim merecia apenas coisas boas.

— Então, o que vai ser? Estou impressionado com o quanto você está abastecida...

— Você foi pré-selecionado — soltei.

Ewan franziu a testa.

— Como assim?

Bati a mão na boca, então ri.

— Eu li um e-mail da Diane mais cedo. Sua hospedaria está no topo da pré-seleção.

Seus olhos se arregalaram.

— Cacete!

— Pois é!

Então, eu estava em seus braços, e ele me girou.

Nossas bocas se encontraram em um beijo feliz.

— Não há como este fim de semana ficar melhor — ele disse, todo doce. — Eu tenho você, tempo livre com nada para fazer além de te apreciar, e agora isso.

— Não podemos falar disso. — Olhei-o com os olhos grandes.

— Falar do quê? — Ewan fez um gesto, como se estivesse selando os lábios e, depois, jogando a chave fora.

Nós dois rimos, e ele me abraçou de novo, com a felicidade na força de seus braços.

Nosso dia terminou com outra refeição requintada, muito mais carícias e, por fim, uma boa noite de sono.

Pela manhã, os aeroportos reabriram, e Ewan teve a sorte de conseguir um voo bem cedo. Ele me deixou na porta do meu apartamento, com um beijo devastador que quase o atrasou.

Ewan parou no elevador e me deu uma longa olhada.

— Aquela coisa da qual não vamos falar, vá até a sua gerente e implore ou ofereça algum suborno para participar do projeto. Eles vão querer visitar o lugar outra vez, não é? Esteja na viagem. Preciso te ver de novo, e logo. Me prometa que vai tentar.

Aquelas palavras foram a promessa mais fácil que algum dia já tive de fazer, e, com isso, Ewan se foi.

CAPÍTULO DOZE

Ansiar

Ewan

Por duas semanas, trabalhei, me jogando à tarefa árdua de dar um jeito nos chalés que faltavam, então, lidando com os afazeres menores que precisavam de mim na hospedaria. Eu poderia ter mentido para mim mesmo, dito que minha energia vinha da necessidade de finalizar o projeto antes de uma visita acontecer, mas a verdade era que eu estava com saudade de Hailey.

Muita.

Para alguém que vi apenas em dois intervalos curtos, eu tinha formado uma conexão, apesar de ter aconselhado a mim mesmo contra isso.

— É Natal, e você ainda está trabalhando. O que acha de largar isso tudo por algumas horas? — Briana enfiou a cabeça no escritório.

Do outro lado da porta, a hospedaria borbulhava com agitação. Todos os anos, organizávamos um jantar enorme para nossa família e nossos amigos, além do eventual hóspede que precisava de um lar durante o feriado. Era quase tão grande quanto nossa celebração de Ano-Novo, a *Hogmanay*, mas, naquele ano, em vez de beber e me divertir, eu não conseguia me acalmar.

— Tá bom. Mais tarde.

Minha prima nunca ouvia nada do que eu dizia.

— Você quer falar sobre ela?

— Não. Mas vou te mostrar o gasto total da reforma. Aqueles empreiteiros que contratamos saíram caro.

— Mas fizeram um trabalho excelente. — Briana se inclinou e fez uma careta de dor quando viu o valor na minha tela. — Puta merda.

— Pois é. Vai compensar.

— Pergunta: você contou para o Velho Mac que ainda está cortejando a agência Kudrow? Eu o ouvi falando mal dela mais cedo. Ele já está bêbado, então pode ser que tenha sido só da boca pra fora.

— Ainda estamos na fase da papelada. Além disso, ele nos deu controle suficiente. Não estou preocupado.

Como já tinham feito outras cinquenta vezes naquele dia, meus olhos deslizaram até o celular. Hailey e eu conversávamos todos os dias, mas eu sabia que naquela manhã talvez fosse diferente. Ela estaria acordando na casa dos parentes em Connecticut para ver os primos abrirem os presentes. Ela provavelmente faria contato à noite.

Na frente dos meus olhos, o celular acendeu. Hailey estava ligando.

— Ahh! — O olhar de Briana se tornou radiante.

— Saia! — falei sem emitir som, e ela riu, fechando a porta ao sair.

— Oi, linda! — atendi à chamada.

— Oi! Feliz Natal! Tenho uns trinta segundos até a loucura começar, mas só queria te dizer que tenho um presente para você.

— É mesmo? — Meu coração acelerou. Todos os dias eu sentia vontade de comprar algo para ela e enviar pelo correio, mas, ao mesmo tempo, achava que seria presunçoso da minha parte.

Hailey talvez não pensasse em mim do mesmo jeito que eu pensava nela.

Ir com calma não era da minha natureza, mas eu estava tentando.

— Tarde da noite ontem, Diane me mandou um e-mail. Eu estava a caminho daqui, então, meu celular morreu, e não consegui te mandar uma mensagem...

— Desembuche, mulher!

— Eu vou para o Reino Unido!

Fui com tudo para frente do assento, minha cadeira deslizando nas rodinhas.

— Quando?

— Daqui a quatro dias. Preciso passar em outro lugar primeiro, depois, estarei com você no dia treze.

— Que presentão! Ai, meu Deus, você me deixou tão feliz. Quanto tempo vai ficar?

— Talvez três dias. E vai ser só eu. Não faz muito tempo que Diane visitou o terceiro lugar pré-selecionado, e agora quer passar tempo com a família. Ela acha que isso vai ser um infortúnio para mim.

Nós dois rimos, então, vozinhas gritaram ao fundo da linha dela.

— As crianças estão chegando. As coisas vão sair do controle aqui. Estou, sem dúvida, regredindo e vivendo a infância que nunca tive. Tenho certeza de que minha tia comprou pijamas tipo macacão iguais para todo mundo usar hoje.

Minha visão evocou uma cena doméstica feliz com Hailey bem no meio de uma família amorosa.

— Isso eu quero ver. Me mande uma foto, linda. Podemos conversar de novo à noite?

— Sim! Tenho que ir. Te amo! Tchau!

Ela desligou, me deixando encarando o celular.

Te amo.

Meu coração martelava. Tinha sido uma figura de linguagem, é claro. Nós não nos conhecíamos bem o suficiente para termos nos apaixonado.

Mas eu me conhecia.

Mais alguns dias na companhia dela, e eu seria um caso perdido.

O que me deixava com um problemão. Como minha ex, Hailey estava ligada à cidade, e eu, à minha terra. Amar alguém significava sofrer quando estamos separados. Ansiar, como eu tinha ansiado por duas semanas. Significava fazer planos juntos e imaginar um futuro. Como eu poderia fazer isso sendo que Hailey estava lutando por um trabalho permanente tão longe dali?

CAPÍTULO TREZE

Ninguém gosta de surpresas

Hailey

Minha primeira suspeita de que algo estava errado surgiu logo antes do almoço de Natal. De pijama de macacão de rena — idêntico aos que Elodie e meus primos usavam, Hollis se comprometeu a usar apenas galhadas de pelúcia —, eu arrumei a mesa para nossa refeição.

Estávamos em seis, três adultos e três crianças.

Uma Elodie visivelmente grávida me seguiu até a mesa com outro conjunto de prato e talheres.

Ela ajeitou os móveis, abrindo espaço para nosso convidado misterioso número sete, então se preocupou em ajeitar um raminho de azevinho.

— Quem estamos esperando? — perguntei.

Sua hesitação me fez parar.

A possível saída antecipada do meu pai da prisão esteve rondando minha mente, ainda assim, não quis verificar. Ele não havia me ligado, então fiquei feliz em supor que ainda estava preso.

De maneira egoísta, eu queria que aquele dia fosse especial, então tinha decidido ligar para ele no dia seguinte.

Mas o convidado misterioso número sete só poderia ser ele.

Elodie mordeu o lábio inferior, então, soltou um suspiro pesado.

— Foi uma péssima ideia. Eu sabia. Hollis quis te fazer uma surpresa, mas eu sabia que seria um choque.

— Ninguém gosta de surpresas — murmurei. — Meu pai é o convidado extra, não é?

— Sim, querida.

O chão se abriu sob minhas pantufas peludas de rena.

A campainha tocou.

Da cozinha, meu tio colocou a cabeça para fora, radiante.

— Hailey, você poderia, por favor, abrir a porta?

Eu adorava tanto o meu tio e sabia que suas intenções eram boas. Ele amava o irmão, apesar das falhas do homem. E eu era a razão desse amor, como eu tinha descoberto. Hollis, uma vez, me disse que meu pai não poderia ser tão ruim assim, pois havia me feito.

Eu não compartilhava do mesmo sentimento.

Porém, não poderia ser mal-educada com meus tios. Eles tinham me dado tudo, e os olhares esperançosos apenas fortaleceram minha vontade de dar o meu melhor por eles.

Com passos lentos e arrependidos, me arrastei até a porta.

Do outro lado, meu pai esperava.

— Oi, pai. — Encarei os pés de galinha ao redor de seus olhos vermelhos. A cor insossa de seu cabelo. O vazio de sua expressão.

— Hailey. Eu não sabia que você também morava neste mausoléu.

— Eu não moro. Estou de visita por causa do Natal.

De mãos vazias, meu pai deu de ombros, então, passou por mim e entrou com passos largos, seu olhar indo da enorme árvore decorada no hall até a pequena coleção de envelopes que Hollis havia deixado em uma mesa lateral — presentes para as pessoas que trabalhavam para ele.

— Bem-vindo, Stephen. — Elodie se apressou e abraçou meu pai. — Feliz Natal! Não é incrível Hailey estar aqui? — Ela acenou na minha direção. — Você tem andado tão ocupado desde que saiu, então preparamos um reencontro que também é uma celebração de Natal.

— O quê? Ah, sim. — Meu pai olhou para mim e abriu um sorriso fraco. — Quando a comida fica pronta?

Elodie piscou.

— Se estiver com fome agora, posso dar uma olhada nos petiscos.

Meu pai bufou e entrou na cozinha, com Elodie em seu encalço.

Nossa. Só... nossa.

Eu os observei se afastarem, então, disfarcei e fui até a mesa pegar os envelopes, depois, levei-os ao escritório de Hollis. Meu pai estar ali era meio que uma traição, pensei enquanto escondia os envelopes recheados de dinheiro em uma gaveta da escrivaninha. Talvez não uma traição contra mim, pois meus tios só queriam que tudo ficasse bem, mas contra o Natal, minha infância e minha felicidade como um todo.

Meu pai mal tinha olhado para mim.

Uma pontada de infelicidade me machucou por dentro, e lembranças infelizes ressurgiram. Uma vez, quando eu tinha uns sete anos, uma amiga de uma família abastada me deu um presente de Natal. Eu não tinha dinheiro, então não pude retribuir o favor, mas o guardei com tanto carinho que o desembrulhava com cuidado, bisbilhotava os três livros ali dentro, engolia meu fascínio completo e, em seguida, os embrulhava de novo. Coloquei o pacote sob o desenho de uma árvore que eu tinha feito para nossa sala de estar, nutrindo a ideia de ter um presente para abrir pela manhã.

No dia seguinte, no Natal, o pacote havia sumido.

Meu pai alegou não saber de nada, mas os livros não poderiam ter saído andando sozinhos. Meu palpite era que ele os tinha vendido para algum outro bêbado no bar, algum degenerado que havia se esquecido de comprar algo para a própria filha.

Quem faria isso, se não um homem desesperado, doente?

Eu sabia que isso ia acontecer. Ele era um homem que tomava as coisas, não as dava. Se eu quisesse um relacionamento com ele, seria eu quem faria as ligações e o procuraria. Ignorando os contratempos. Já tinha feito isso quando ele estava preso, e não recebi nada em troca.

Aquele dia só serviria para me mostrar o quanto isso era real.

Ainda assim, eu devia à minha família, pelo menos, fingir que eu lhe daria uma chance. Fechei a gaveta e tirei o pijama de rena, deixando-o no escritório para que eu pudesse vesti-lo outra vez quando meu pai tivesse ido embora. Então, coloquei uma máscara para esconder meu desgosto.

Na cozinha, meu pai vasculhava a geladeira, enquanto Elodie se movia ao seu redor. Ele empilhou frios sortidos e molhos no balcão antes de se virar em busca de mais.

Ela tinha trabalhado duro na refeição que estava quase pronta, e ele não podia nem esperar?

Meus primos estavam horrorizados.

Hollis apertou os lábios e voltou seu olhar para mim.

— Está tudo bem?

— Tudo ótimo! — eu disse, apesar de ser uma grande mentira.

A expressão do meu tio ficou pensativa, sem dúvida tentando enxergar minha alma. Ele baixou a voz.

— Nós compramos um presente para o seu pai. Você gostaria de entregá-lo para ele?

Na verdade, tudo o que eu queria era me encolher na cama outra vez. Ou pegar um avião e voar até Ewan. Qualquer coisa, exceto fingir, o dia todo, ser alguém que eu não era.

— Claro. É Natal! — forcei. — Família é tudo.

Mas eu tinha certeza de que, a não ser que fosse algo que meu pai pudesse vender, ele não ficaria nem um pouquinho grato.

Um jantar doloroso veio e se foi, em que meu pai falou sobre ele mesmo e suas necessidades, tudo enquanto xingava abertamente na frente das crianças.

Depois, ficou ali, bebendo mais do que deveria e efetivamente destruindo o Natal.

Escapei para meu quarto na primeira oportunidade que tive.

Com sorte, Ewan ainda estaria acordado. Eu o imaginei na hospedaria. É claro, ele também tinha um pai difícil, mas aposto que seu dia tinha sido bem melhor.

Além disso, eu queria que ele me fizesse esquecer tudo isso de um jeito que só ele era capaz.

CAPÍTULO QUATORZE

Um homem obcecado

Ewan

Tarde naquela noite, ainda no escritório da hospedaria, em vez de no meu pequeno chalé, bebi um uísque, sozinho com os meus pensamentos, agora que os membros da família tinham voltado para suas casas. Hailey esteve na minha mente o tempo todo, e senti vontade de voar até ela só para que pudéssemos viajar juntos.

Eu era um homem obcecado.

Meu celular vibrou, e eu o peguei, pronto para tagarelar besteiras que não tinha certeza se deveria dizer. Mas a fungada de Hailey me deixou em alerta.

— O que foi?

Ela respirou fundo.

— Meu Deus, minha nuvem de desgraça me persegue. Como você sabe que estou chateada?

— Vamos conversar. O que aconteceu?

Hailey resmungou, e ouvi um baque, como se ela tivesse batido a cabeça em uma parede.

— É só que... Sabe como é, foi um dia difícil, e a primeira coisa que quis fazer foi falar com você para me sentir melhor. Não com a minha tia, nem com Kelsie. Você. Como foi que isso aconteceu?

— Me fale você, linda — pedi, com a voz rouca. — Por que seu dia foi difícil?

Ela deu outra longa inspiração.

— É uma longa história. Tivemos uma adição surpresa ao jantar em família, o que me chocou, e não me comportei muito bem. A pessoa já foi embora, mas ainda estou abalada.

— Ninguém gosta de surpresas.

Ela emitiu um grasnado, rindo.

— Foi exatamente o que eu disse.

— Me conte o que aconteceu.

— É um assunto complicado. E a minha cabeça está latejando, doendo por causa do estresse. Você pode esperar até estarmos juntos de novo para ouvir a história? Vai ser mais fácil fazer com que eu não soe como uma babaca.

— Você jamais me faria pensar isso.

— Ah, Ewan, esta nossa conversa rápida já tirou um pouco de pressão dos meus ombros. Você me fez sentir melhor.

Eu queria poder abraçá-la. No escritório mal iluminado, eu me curvei na cadeira de couro e fechei os olhos.

— Se eu estivesse com você, faria um trabalho ainda melhor.

— Seu safado. — Ela deu uma risadinha.

— Ei! Eu quis dizer que te daria um abraço. Sua mente poluída — falei, e Hailey riu de novo. — Onde você está agora? — acrescentei.

— No meu quarto na casa de Hollis e Elodie. Eles têm uma mansão imensa, e é maravilhosa, mas eu já queria estar voltando para casa.

— Eu queria que você pudesse vir para cá agora.

— Eu também.

Nós dois parecemos prender a respiração por um momento.

— Quando você estiver aqui, tenho um monte de planos para você — eu disse devagar.

— Ainda estamos falando de abraços?

— Se você quiser.

— E se eu não quiser? — Ela se moveu, tecido farfalhando.

— Você está na cama? — Ajeitei minha posição na cadeira, a virilha se tensionando com o desejo que só Hailey era capaz de me dar.

— É claro que estou. A porta está trancada. Fale comigo, Ewan. Me faça ter um orgasmo, me faça esquecer este dia terrível. Logo estarei a caminho daí, e mal posso esperar. Por ora, preciso disso.

Ela não teve que pedir de novo. Com um tom ríspido, abismado com a confiança que aquela *lass* tinha em mim, falei sacanagens para ela até Hailey gemer meu nome. Eu gozei logo em seguida, jorrando em meu punho como um adolescente.

Quatro dias. Dali a apenas quatro dias, ela estaria outra vez em meus braços.

Eu não ia querer que ela fosse embora. Ou seja, eu tinha uma decisão a tomar. Teria que contar a ela sobre Lara, minha ex, para começo de conversa, e, depois, sexo não seria uma opção até resolvermos nossa situação.

Essa visita seria um desafio e tanto.

CAPÍTULO QUINZE

A cereja do bolo

Hailey

Meu trem chegou à estação de Inverness e, não como da última vez que vim a esse canto do mundo, eu não havia me preparado com livros de romance contendo escoceses musculosos.

Eu tinha um todo meu me esperando.

A empolgação me mantinha em suas garras. O nervosismo fez meu estômago revirar. Eu tinha saído dos Estados Unidos emocionada, mas, agora, aquilo havia se apurado e se transformando em foco. Um homem fez tudo ficar melhor.

Na saída, dei uma olhada no saguão e o encontrei.

Ewan.

Eu me apressei para encontrá-lo, enquanto ele corria até mim. Então, fui espremida em seu peito, seus braços fortes me envolvendo em calor e na melhor de todas as coisas: nele.

— Ah, por Deus, mulher. Você não faz ideia de como é bom te ver.

— Idem. — A emoção obstruiu minha garganta, e enterrei o rosto no pescoço de Ewan, inspirando fundo seu aroma de amante da natureza.

Ele ergueu meu queixo para encaixar a boca na minha. O beijo com o qual eu havia sonhado.

Ewan me surpreendeu. Em vez de me devastar com tudo do que senti saudade, ele pressionou os lábios nos meus em um beijo casto, doce. Mas senti a subcorrente da fome quase descontrolada. Ele até podia estar tentando ser respeitoso por causa do público, mas não havia como duvidar de sua mensagem.

Desejo.

Necessidade.

Por mim, tudo bem.

Enfim, ele se afastou, com o sorriso acanhado.

— Posso te dizer o quanto senti saudade? Você vai acreditar em mim desta vez?

Um sorriso puxou minha boca.

— Me leve para casa e me mostre.

Ele fez uma continência, me colocou sob o braço e pegou minha bolsa. Em seu carro, Ewan continuou segurando meus dedos e nos levou em direção à paisagem congelada escocesa. Pequenos acúmulos de neve se enfileiravam na beira da estrada, mas aquilo parecia correto ali — não como em casa.

— Como foi a sua visita? — Ewan perguntou. — E não estou sondando a competição, só estou interessado na sua viagem.

Eu havia passado a tarde anterior em Edimburgo, dando uma olhada na cidade elegante e visitando locais históricos. A oferta de Diane aos clientes talvez incluísse um país e uma cidade principal, o que seria perfeito para o negócio de Ewan.

Não que eu fosse lhe contar tudo isso. Eu já havia passado do limite com ele, e seguiria as regras dali em diante.

— Boa. Eu me diverti. A pessoa que toma conta do negócio me mostrou a região, depois me levou para jantar. Passamos horas apenas conversando sobre turismo e as maravilhas da Escócia.

Os dedos de Ewan se cerraram ao redor dos meus, e eu olhei para ele. Estava carrancudo. Fiquei boquiaberta, então, caí no riso.

— Tudo bem com você aí? — questionei.

— Sim? — Ele franziu os lábios como se quisesse perguntar algo mais. — Essa pessoa. Ele...

— Ela — eu o corrigi.

Ewan ficou claramente mais animado.

— Ela!

— Você acabou de ficar com ciúmes?

— Fico feliz em dizer que sim. É novidade para mim.

Paramos no semáforo, e Ewan voltou sua atenção para mim, me prendendo ali com a intensidade de seu olhar sombrio.

— Estive pensando em algumas coisas bem importantes desde que nos vimos pela última vez, e isso me deixou um pouco desconcertado.

Minha pulsação desregulou.

— Que tipo de coisas?

Ele deu um sorriso, balançando a cabeça, entretido.

— Coisas que não vão atrapalhar o seu trabalho. Vamos fazer o passeio hoje. Estou oficialmente de serviço até o minuto que você tiver as informações que quiser.

— E quando acabar?

Os olhos de Ewan brilharam.

— Então, linda, você será toda minha.

Com essa promessa, entramos em Cairngorms. Ewan apontou os pontos turísticos ao passarmos — lugares que estariam na nossa opção mais abrangente de passeio guiado —, mas, então, atravessamos a divisa de sua terra, e o verdadeiro atrativo do negócio dos McClintock foi revelado. O pacote que Diane queria ofertar incluía trilhas, nas quais nossos clientes se hospedariam nas acomodações de Ewan, onde estariam totalmente servidos de tudo de que precisariam para diversos dias de exploração. Naquela altura, Ewan me levou ao início das trilhas, depois, até os lugares bonitos.

O primeiro, um círculo de pedras eretas em uma colina, estava coberto por uma camada fina de neve, perfeito para uma foto.

Então tirei algumas para compartilhar com Diane, assim como o fotógrafo profissional que havíamos agendado, mas também coloquei Ewan em uma delas só para mim.

O lugar seguinte era as ruínas de um castelo. Mesmo no frio intenso, não consegui imaginar lugar melhor para um piquenique, assim que o verão chegasse, é claro. Montanhas se elevavam ao nosso redor, um resort de esportes de inverno visível nas encostas inclinadas.

— Vou te levar para esquiar na sua visita — Ewan prometeu. — Já que não tivemos a oportunidade de fazer isso em Manhattan.

— Eu adoraria. — Caminhei, triturando a grama, até o carro, onde tomei notas sobre o que eu tinha visto, e sobre o tipo de linguagem que usaríamos para vender a experiência aos clientes.

Por algumas horas, mapeamos a propriedade, em seguida, Ewan me levou de volta à Hospedaria Cock Bridge. Com palavras simples e sinceras, ele me contou sobre a reforma nos chalés, e eu aprovei o trabalho, reconhecendo os esforços que ele tinha feito desde a apresentação.

Estava fabuloso. Perfeito.

A tensão cresceu entre nós.

O tom profissional de Ewan estava comprometido pela forma com que seu olhar arrancava minhas roupas. Da mesma forma, eu não parava de perder a concentração e me pegava apenas encarando o escocês bonitão.

Emergimos na luz fraca do fim de tarde, com a hospedaria iluminada na outra extremidade da pista.

— Conseguiu o suficiente? — Ewan murmurou.

Eu estava tonta, inebriada de desejo.

— Aham. Preciso fazer o relatório direitinho, mas amei tudo.

Ewan grunhiu e agarrou meu braço. Com passadas longas, ele me acompanhou por uma pista. No fim, havia duas casas lindas de pedra, separadas por uma fileira de árvores e com jardins ao redor.

— A casa é sua? Pensei que você morasse na hospedaria.

Ewan não respondeu. Em vez disso, se virou para mim e, num piscar de olhos, eu estava em seus braços, rindo.

Ele me levou até o portão e apontou para a outra casa.

— Tenho este chalé desde os dezenove anos, quando consegui restaurá-lo. Briana mora ali. A casa do meu pai fica a uma curta distância de carro, mas ele foi visitar um parente esta semana, então não o veremos.

— Como foi que você arranjou isso?

— Um primo meu é chefe de clã. Callum McRae, o nome dele. Eu sabia que meu pai não recusaria o convite para passar o Ano-Novo no castelo deles, e ficou muito feliz em aceitar. Ele conhece as dificuldades de gerir um negócio aqui.

— Uau, um castelo.

— Viu só? É impressionante, né? Mas mais do que minhas ruínas?

— Nada me impressiona mais do que você.

No fim do caminho, ele abriu a porta do chalé, me carregou pelo limiar como uma recém-casada, então, me colocou de pé. Andei em direção a um corredor de pedra, meus calcanhares afundando em um tapete grosso.

— Sala de estar. Cozinha e sala de jantar. Área de serviço e, lá embaixo, banheiro. — Ewan acendeu a luz e apontou ao redor.

Uma sala aconchegante se abria à minha direita, uma cozinha iluminada do outro lado. No final do corredor, uma escada de madeira levava ao andar de cima.

— Três quartos e um belo banheiro lá em cima — ele continuou.

Baixei os olhos.

— Este lugar é adorável. Que tal me mostrar seu quarto?

— Que bom que gostou. Você tem uma hora para escrever o relatório. Depois, é toda minha.

Inspirei fundo, seu tom me excitando ainda mais.

— E se eu precisar de mais tempo?

Seus lábios franziram, como se soubesse que aquilo não tomaria muito meu tempo.

— Vou preparar o jantar. Troque de roupa, se quiser, e digite rápido.

Engoli em seco e cometi o erro de encarar seus olhos.

Caramba. Ewan me encarou de volta com devoção pura e inabalável.

Gostei daquilo mais do que deveria. Aquela onda instantânea me dominou outra vez, desejo e necessidade.

— Tudo bem — consegui dizer.

— Ótimo. — Ele beijou minha testa, então, passou por mim e foi ao andar de cima com minha bolsa.

Uma hora depois, encolhida no sofá confortável de Ewan, terminei meu relatório para Diane. Já tínhamos conversado sobre a apresentação de Ewan e rascunhado uma brochura. Minha visita era a cereja do bolo de uma nova e incrível oferta de viagem.

Com cuidado, detalhei as diferentes opções e seus valores, redigi a linda descrição que venderia o lugar, anexei meu trabalho a um e-mail e o programei para ser enviado a Diane pela manhã.

O dia seguinte era véspera de Ano-Novo, e eu não queria nenhuma razão para ter que voltar antes do dia primeiro de janeiro, no mínimo.

Com o notebook fechado, peguei minha taça de vinho e me inclinei para bisbilhotar a porta aberta. Do outro lado do corredor, Ewan trabalhava na cozinha, preparando algo que lançava ondas de um aroma delicioso na minha direção. Ervas, com certeza. Tomilho e sálvia. Humm, alecrim também.

Como se sentisse meu olhar, ele desviou a atenção da mesa da cozinha.

— Já terminou?

Desdobrei as pernas e me levantei, me esgueirando até ele.

Um gole demorado de vinho impulsionou minha confiança, não que ela estivesse em falta, e meus pensamentos se voltaram ao evento principal. O trabalho havia acabado, e a diversão começou.

— Tudo pronto. Estou livre. O que você está fazendo?

— Frango assado. A noite está fria, e precisamos comer bem.

— Ah, é? Por quê?

Com um movimento do antebraço, Ewan abriu espaço na mesa, me agarrou e me acomodou em cima. Agora, a sós, uma onda de energia sexual, bruta e potente, emanou dele. Ele me beijou como eu havia desejado o dia todo. Um beijo brusco e punitivo que fez meus dedos se curvarem nas sapatilhas. Enrolei as pernas ao redor da sua cintura, colocando seu corpo amplo no lugar certo entre minhas coxas. Ele moveu os lábios nos meus, e enrosquei os dedos em seu cabelo, precisando dele tão perto quanto pudesse.

Sua língua entrou na minha boca, e eu gemi.

Ele tinha razão quanto a esperarmos. Eu quis pular em cima dele no segundo em que o vi, mas o trabalho tinha sido um fardo. Bem, mas isso não era problema agora.

— Eu queria conversar — ele disse, se afastando para beijar meu pescoço. — Mas ainda faltam vinte minutos no cronômetro do forno, e é tempo suficiente para eu te mostrar o que quero fazer com você.

— Que seria...?

Ele escorregou uma das mãos por sob minhas pernas e me ergueu, então, fomos para fora da cozinha, subindo a escada. No seu quarto, o qual eu tinha bisbilhotado quando troquei as roupas da viagem, Ewan me deitou na cama e caiu em cima de mim. Rolamos, voltando a nos beijar mesmo enquanto nossas mãos se moviam para despir o outro.

Minha camiseta, o sutiã e a calça de ioga desapareceram em pouco tempo. Consegui tirar a camiseta de Ewan de sua figura corpulenta antes de ele estar sobre o meu corpo, as mãos grandes e a boca quente encontrando meus seios.

Arfei e arqueei em direção ao seu toque, amando como sua língua contornava meus mamilos, transformando-os em cumes duros, e como seu dedão os esticava antes de beliscar com força.

Então, gemi, a tarde de trabalho um aquecimento para o que viria a ser um sexo espetacular.

Ele rosnou em apreciação, então, sentou-se de cócoras.

— Mais para cima na cama. De costas para mim. Segure o estrado e mantenha as mãos ali.

Com o coração acelerado, engatinhei para frente e fiz o que ele havia pedido, afastando bem os joelhos. Eu não vestida nada, exceto minha calcinha minúscula de renda cor-de-rosa. Dei uma olhada sobre o ombro e vi Ewan tirar a calça e a cueca e, em seguida, afagar sua ereção enorme.

Cacete!

De uma gaveta, ele pegou uma camisinha. Logo, Ewan se ajoelhou atrás de mim. Beijou meu pescoço, seu hálito quente agitando uma mecha do meu cabelo, e as duas mãos seguraram minha cintura. Seu corpo firme pressionou o meu, o pau no meu traseiro, e ele deslizou uma das mãos para baixo, me apalpando entre as pernas.

— Boa *lass* — ele disse, brusco. — Sempre toda molhada para mim.

Minha respiração estremeceu, e deixei a cabeça cair para trás para que ele pudesse me beijar enquanto brincava. Com dois dedos, desenhou círculos no meu clitóris e, ao mesmo tempo, manobrou para que o pau rígido escorregasse entre minhas pernas.

Eu me esfreguei na pontinha dele, fazendo-o ir e vir sobre minha entrada, mas sem o levar para dentro. Nós dois gememos com a sensação.

Sua dureza no meu centro macio, molhado.

Então, assim que os primeiros sinais de um orgasmo se espalharam dentro de mim, Ewan se afastou e entrou com tudo. Em um golpe forte, me preencheu, um riso rouco em resposta ao meu arquejo. Sem parar, ele me estocou, ainda movendo a mão no clitóris.

Era demais, mas não suficiente. Prazer floresceu onde ele me atingia por dentro, de novo e de novo, amplificando o orgasmo ao qual ele já tinha dado início. Uma onda se quebrou sobre mim, e eu caí para frente, agarrando a grade de madeira da cama. Ao redor do pau que estocava, eu me fechava e me soltava em pulsações que me surpreenderam.

Ewan passou um braço ao redor de mim e endireitou minha postura. Colocou uma das mãos na parede à nossa frente e me atingiu como uma máquina.

Golpe após golpe na minha carne desejosa.

Então, também gozou.

— Hailey — gritou.

Dentro de mim, ele inchou e latejou, suas mãos me prendendo ao corpo. Desabamos na cama.

Que reencontro. Rápido, gostoso e bastante satisfatório.

Do andar de baixo, um sinal sonoro chegou até nós.

— A comida está pronta — Ewan murmurou.

Eu ri e rolei para que pudesse abraçá-lo.

— Que bom. Você me deixou com fome.

— Com fome de comida ou de mim? — Ele beijou minha testa, com a respiração em lufadas pesadas.

— Os dois.

— Ótimo — ele disse, então sua boca tomou a minha, e nós nos beijamos até o alarme parar e Ewan pular para fora da cama, sorrindo, enquanto descia correndo, ainda pelado, para salvar nossa refeição.

Depois de um minuto, eu o segui, admirando sua casa limpa e organizada enquanto passava pelos cômodos. Com madeira polida, pedra, estantes cheias de livros e fotos da família, era o oposto do meu apartamento minimalista.

Uma casa familiar, onde era fácil demais imaginar crianças irrompendo dos quartos e descendo correndo a escada para encontrarem o pai.

Se achava que estava encrencada com Ewan antes, agora eu corria perigo real.

CAPÍTULO DEZESSEIS

Três! Dois! Um!

Ewan

A hospedaria brilhava com a iluminação amarela, e um brinde acontecia quando Hailey e eu chegamos. No dia anterior, depois do jantar, eu a levei ali para um drinque e para se reencontrar com Briana, além de apresentá-la aos meus outros parentes.

Aquela noite era véspera de Ano-Novo. *Hogmanay*, como a chamávamos ali.

Havia uísque, uma banda ao vivo se aquecendo, além de tochas que seriam levadas ao pátio e queimadas depois da meia-noite, e o lugar estava cheio de pessoas, todas querendo um abraço e cumprimentar minha nova namorada.

Não que já tivéssemos concordado com o termo.

Antes da chegada de Hailey, eu havia decidido que não poderíamos dormir juntos até termos uma conversa sobre como-raios-faríamos-esse-relacionamento-dar-certo. O plano tinha ido por água abaixo depois de um simples beijo. Ela havia dormido na minha cama, e tínhamos passado a maior parte do dia nela.

Deixei de lado os pensamentos indigestos e apenas me permiti desfrutar da companhia de Hailey, e ela da minha, mas um novo ano começaria dali a poucas horas. Eu queria entrar nele com Hailey sendo minha.

Por algumas horas, bebemos e dançamos. Briana levou Hailey para um canto, e as duas riram juntas sobre sabe-se lá quais segredos minha prima estivesse revelando.

Gostei ainda mais da noite.

A amiga de Hailey se mudaria para a Escócia. Ela poderia ter outra amiga, Briana. Pedir a ela que abrisse mão de sua vida na cidade seria algo complicado, mas, talvez, só talvez, houvesse o suficiente ali para fazê-la querer ficar.

Não como Lara.

Sim, a conversa teria que acontecer agora. Minha mente estava acabando comigo com os pensamentos nada felizes.

Engoli o que restava da minha cerveja e acenei para Hailey, gesticulando para que ela me seguisse. Ela se levantou do canto lotado e abriu caminho até o meu lado, então, eu a levei para o meu escritório.

— Bem sorrateiro. — Ela pulou na minha mesa, com as bochechas vermelhas com a diversão que estava tendo.

— Preciso falar com você. — Acendi a lâmpada e me sentei na cadeira de couro, de frente para Hailey.

— Você vai terminar comigo? — ela perguntou em um único suspiro. — Agora? Bem antes da meia-noite?

— Não, mulher. Pelo contrário. Eu queria falar sobre... — Acenei para nós dois.

Sua boca formou um O perfeito.

— Eu queria ter feito isso mais cedo, mas acabamos nos distraindo. Quero saber tudo o que há para saber sobre você. Quero que me conte o que te deixou chateada no Natal. Pode ser que eu também tenha algumas coisas para compartilhar. Uma história triste, para começar.

Hailey respirou fundo.

— É sobre a Lara? Duas ou três pessoas me disseram hoje que é ótimo ver que você a superou, que está seguindo em frente. Ela é sua ex-namorada, não é?

— Sim, e mais. Estávamos noivos.

— Puta merda. É sério?

— Lara e eu fomos um casal na escola e, quando adultos, terminávamos e voltávamos. Os pais dela me adoravam, e meu pai não era tão horrível assim com ela. Fazíamos sentido juntos, então pedi a mão dela, porque era o que esperavam de mim. Por fim, no ano passado, ela me deu um pé na bunda e se mudou.

Hailey fez uma careta.

— Sinto muito.

— Obrigado, mas estou bem.

— Tem certeza? Parece que ela era o amor da sua vida.

— Foi o que pensei a uma certa altura, mas estava errado. — Me levantei e caminhei até o outro lado do escritório, então, voltei. — Eu gosto de você, Hailey. Mais do que gostei de alguém um dia, apesar de estarmos bem no começo. Me dê alguns dias, e não terá mais volta.

— Meu Deus — ela quase sussurrou. — Como você pode saber disso?

Essa pergunta, na verdade, não precisava de uma resposta, porque eu sabia que ela sentia a mesma coisa. A atração intensa. O prazer de estarmos juntos.

— Eu sei, porque é impossível ignorar. Então, o problema é: Lara partiu o meu coração quando me deixou. Estou feliz por ela ter feito isso, pois eu teria me contentado com uma felicidade familiar em vez de com um grande amor, mas não posso passar pela mesma situação de novo. Também não quero te machucar, então, se você não me desejar do mesmo jeito, preciso saber agora para que eu não me deixe me apaixonar por você.

O choque surgiu na sua expressão.

A boca de Hailey se abriu, mas nenhuma palavra saiu. Então, ela tentou outra vez.

— Eu moro em Nova York.

— Pois é. Isso é um problema.

— Todos os meus amigos e família estão nos Estados Unidos. Meu trabalho.

Enterrei os dedos no cabelo e resmunguei.

— Eu sei. E isso é importante para você.

As palavras de Hailey fluíram, como se ela não pudesse impedi-las.

— Sim, mas também é complicado. Meu pai acabou de sair da prisão e me surpreendeu no jantar de Natal. Ele tocou a campainha, e Hollis me pediu para abrir a porta, com a intenção de que fosse uma surpresa maravilhosa.

Ela me contou detalhes da cena quando ficou cara a cara com o pai miserável e negligente, e senti um aperto no peito.

— Durante toda a minha infância, ele foi um pai terrível. Ele me ignorava e me deixava com estranhos quando tinha outras coisas para fazer. Fomos de apartamentos ruins a sofás de conhecidos várias vezes, então, ele foi parar na cadeia, e eu finalmente tive um respiro. Hollis e Elodie me deram estabilidade e amor.

Meu estômago se revirou, porque pude ver aonde aquilo estava indo.

— Sinto muito que você tenha sido machucada.

— Eu não os culpo de terem aceitado a ideia do meu pai. Hollis estava cego de esperança pela reabilitação do irmão e é claro que pensou que eu sentisse o mesmo. Mas não sinto, e é mesquinho e horrível da minha parte.

— Você não é horrível.

— Sou, sim! Não quero meu pai na minha vida, não mais do que antes. Eu o visitava a cada poucos meses na cadeia quando criança, e ele fingia interesse em mim, mas conversava o tempo todo com meu tio ou tia, quem quer que estivesse comigo, sobre como era difícil para ele não ter nenhum tostão. Aquilo doía, e não posso perdoá-lo, mesmo se eu tentar esquecer. — Ela ergueu os olhos úmidos para os meus. — Preciso me sair bem no trabalho, porque não posso deixar ninguém pensar que sou igual a ele. Nunca mais.

— Linda, ninguém vai pensar isso. Ninguém que te conhece poderia duvidar do quanto você é incrível.

Ela fungou.

— Eu deixei tudo isso para trás. Tenho que voltar e dar um jeito nas coisas.

— O que "dar um jeito nas coisas" significa?

— Eu não sei.

Meu peito se apertou, pois Hailey não estava dizendo o que eu queria ouvir. Uma demanda absurda gritava alto na minha cabeça para convencê-la a ficar.

Ela não estava nem dizendo que queria tentar, só que dar um jeito na sua vida em casa era prioridade.

Hailey enxugou uma lágrima.

— Sei que você quer que eu fique, mas não sei... Só sei que não quero te magoar.

Uma batida sacudiu a porta.

— Agora não — gritei.

— Foi mal, Ewan, mas você tem que sair — Briana disse através da madeira.

Abri a porta com tudo.

— O que foi?

— Seu pai está aqui, tagarelando sobre quem vai dar o primeiro passo para dentro de casa, apesar de estar adiantado.

Ah, porra, não.

— Merda. Ele deveria estar viajando.

Hailey apareceu ao meu lado.

— Por que isso é um problema? Tem a ver comigo?

Briana me lançou um olhar significativo, e eu suspirei, sabendo que minha prima estava me julgando por não ter contado sobre aquilo a Hailey antes.

— Ele concordou com as mudanças que estamos fazendo por aqui, não se preocupe com isso. Preciso lidar com ele. Me dê um minuto.

Caminhei a passos largos até o bar, seguindo o berro da voz do meu pai acima da música.

— A *Auld Lang Syne* — ele rosnou acima de uma faixa de rock and roll.

— Pai! — chamei sua atenção.

Com olhos turvos e vermelhos, ele olhou para mim de onde estava parado no centro do grupo da nossa família.

— Aí está você, seu desgraçado. Achou que me mandaria para longe e roubaria o holofote do seu pai hoje, não é?

Na sua mão, havia um pedaço de carvão e uma moeda prateada; uma garrafa de uísque, e um pão chamuscado na outra — todos os itens necessários para a primeira pessoa a atravessar o limiar depois da meia-noite.

Eu pretendia ser o responsável por dar continuidade à tradição, uma vez que meu pai não deveria estar ali.

O uísque estava quase vazio. Ah, caramba, ele estava bêbado.

Ele sacudiu a garrafa.

— Você não vai conseguir se livrar de mim tão fácil assim.

— Eu não estava tentando — retruquei, com dentes cerrados, apesar de não ser exatamente verdade. Eu precisava do meu pai longe para que o último empurrãozinho pudesse ser dado para que as reformas terminassem e o contrato fosse fechado.

Teria funcionado. Com o contrato assinado e o dinheiro debaixo de seu nariz, ele teria sido um homem feliz. Depois de um tempo, de qualquer maneira.

Seu olhar pousou em algo sobre meu ombro e escureceu.

— Você — ele ladrou. — O que ela está fazendo aqui? Pensei que meu filho não fosse negociar com esse povo desonesto, arrogante...

— Pai! — Eu soube, sem olhar, que Hailey estava atrás de mim.

— Dez! Nove! Oito! — as pessoas ao nosso redor gritaram, fazendo a contagem regressiva.

— Não. Não vamos negociar com aquela empresa. Eu já disse que não vou trabalhar com aqueles americanos!

— Cale a boca! — explodi. Anos de ressentimento escorreram pelos meus músculos, que se empertigaram em pura frustração.

Diminuí a distância do meu pai e segurei seu braço, guiando-o outra vez para fora da hospedaria.

No pátio gelado, eu o encarei.

— Você tem que parar. Está enterrando o negócio, mas quer saber? Eu não vou deixar. Temos famílias para sustentar. Bocas para alimentar.

— Seis! Cinco! — a contagem continuou do lado de dentro.

— Ewan? — Hailey tocou meu ombro.

Meu pai detectou o toque, e seus olhos semicerrados brilhavam.

— Eu sabia. Eu percebi! Você deve achar que nasci ontem. Está dividindo a cama com ela.

— Três! Dois! Um!

Aplausos irromperam da hospedaria, e eu me virei para Hailey.

Com os olhos arregalados, ela me encarava.

Naquele momento, eu deveria tê-la beijado — uma nova tradição que eu queria instaurar, beijá-la todos os anos e nos trazer sorte nos meses que viriam, em que seríamos um casal e estaríamos apaixonados —, mas ela não era minha. Não do jeito que eu queria.

O grito raivoso do meu pai fez com que eu me virasse de volta.

Alguns metros cambaleantes para trás, ele colocou um celular no ouvido.

— Diane Kudrow? Escute aqui. Se acha que pode enviar uma oferecida para dormir com o meu filho para conquistar o meu negócio...

— Não! — Avancei até ele e estiquei a mão para o celular.

Meu pai se desviou.

— Não vou aceitar isso! Mande sua prostitutazinha desistir, e não meta o nariz no meu negócio.

Estiquei a mão de novo, dessa vez encostando no celular, e finalizei a chamada.

Meu pai riu, aquele velho presunçoso bêbado, mas Hailey havia colocado as mãos na frente da boca.

— Seu pai acabou de contar para Diane que estou dormindo com você?

— Merda. — Estendi as mãos para ela, com as palmas para baixo, como se eu pudesse acalmá-la.

— Minha carreira acabou — ela proferiu. — E todas as esperanças para o seu negócio. Tudo em uma ligação.

Briana apareceu à porta.

— Velho Mac. Como você pôde?

Meu pai cambaleou, e minha prima agarrou seus braços, então, apontou para mim.

— Entre e dê o primeiro passo antes que uma rebelião comece, depois, leve-o para casa. Vou cuidar da Hailey.

— Não. Hailey...

Mas minha *lass* baixou os olhos para o chão.

— Vá em frente. Eu... Droga. Preciso ir embora. — Ela saiu andando pela trilha, com Briana em seu encalço.

Me deixando para lidar com a confusão que meu pai havia causado, de novo.

CAPÍTULO DEZESSETE

A luz vermelha piscava

Hailey

O céu cinza me recebeu em Nova York, e saí do avião, tão exausta e magoada por dentro que parecia que meu coração havia sido rasgado ao meio.

Depois do espetáculo horrível da noite anterior com o pai de Ewan, fui até o chalé de Briana e fiquei por lá. Ewan me procurou, mas eu disse a ele que precisava dormir e, depois, pegar o primeiro voo de volta para casa.

Ele tinha me deixado em paz e, agora, eu estava ali e ele estava lá.

Odiei cada minuto do voo de volta. Mas era o que eu tinha que fazer.

Mesmo se minha carreira tivesse acabado, eu poderia salvar o negócio de Ewan.

Na verdade, se Diane ainda não tivesse verificado a caixa postal do telefone da empresa, talvez, eu até tivesse uma chance de salvar as duas coisas.

Meu táxi voou pela cidade, e desci na Park Avenue para pegar minhas chaves do escritório. Vinte minutos mais tarde, eu estava abrindo as portas da Viagens Internacionais Kudrow.

Diane ergueu a cabeça na mesa da recepção, com a mão no telefone.

A luz vermelha piscava, sinal de uma mensagem recebida.

Meu estômago embrulhou, e todas as células do meu corpo congelaram.

— Hailey? O que você está fazendo aqui? Imaginei que fosse aproveitar os encantos da Escócia por mais alguns dias.

Não consegui detectar seu tom, então forcei um sorriso rígido.

— Acabei de chegar e tenho algumas coisas para fazer.

— Esforçada como sempre. Tive que buscar o notebook e, agora, vou voltar para casa. Acho que vou fazer um café para levar. Quer um pouco?

— É claro — grasnei.

Diane se apressou até sua pequena sala nos fundos, e eu corri até o telefone piscante. Pressionei o botão da secretária eletrônica, e uma voz alta soou:

— Primeira mensagem. Recebida dia um de janeiro...

— Ai! — Peguei o fone, desligando o viva-voz.

No meu ouvido, a reclamação do Velho Mac soou.

Meu peito ficou apertado, e engoli o choro, então, selecionei Deletar para livrar o mundo por toda a eternidade daquela experiência terrível.

— Era alguém importante? — Diane gritou.

— Não — grasnei de volta, segurando as lágrimas.

Eu me joguei na cadeira. Minha debandada louca para casa havia tomado toda a minha energia e a destruído. Todos os meus medos pelo negócio de Ewan desapareceram, mas não consegui me convencer a ficar feliz. Naquela hora, eu precisava rastejar de volta ao meu apartamento vazio e me esconder na cama. Diane apareceu sobre meu ombro, com a caneca para viagem na mão e uma xícara para mim. Aceitei o café no piloto automático.

— Você está exagerando — minha chefe observou. — O ano acabou de começar. Vá para casa, te vejo pela manhã.

— Tem razão. — Eu me endireitei. — Você teve tempo de ler os meus relatórios da Escócia?

— Hum? Ah, sim. Ótimo trabalho. Eu já fiz a oferta aos Castleton.

Aquele era o pessoal de Edimburgo.

— E os McClintock?

Diane acenou com a caneca e abriu a porta.

— Ah, não. Não vamos trabalhar com eles. Decidi que precisamos de um prestador maior, então voltamos à estaca zero. Na verdade, você pode avisá-los, já que está aqui. Sou tão grata por ter você. Esse trabalho duro vai te colocar numa posição ótima na avaliação do mês que vem. Te vejo amanhã.

Ela foi embora, e eu a observei sair.

Ewan tinha perdido o contrato.

Meu estômago embrulhou, e eu solucei, com lágrimas escorrendo. Depois de tudo, eu o tinha perdido, e ele havia perdido tudo pelo que tinha trabalhado. Que desfecho péssimo, terrível.

Enquanto fiquei sentada ali, chorando, a ficha caindo devagar na minha mente cansada. Diane havia dito que eu estava preparada para minha avaliação, que transformaria o trabalho temporário em um permanente.

Eu não me importava.

Respirei fundo, trêmula, pensando na minha mudança de atitude. Aquele trabalho tinha sido tudo para mim. Mas eu não precisava mais dele.

Havia deixado meu coração na Escócia.

Surpresa e confusa, abri o notebook mais perto dali e entrei no meu e-mail. Então, escrevi um recado para Diane. Amigável, para que nenhuma relação fosse cortada, mas decidindo claramente meu futuro na Viagens Internacionais Kudrow.

Uma parada rápida na cobertura me permitiu arrumar as malas. Em pouco tempo, eu havia esvaziado o quarto, e isso deixou bem claro o quanto eu havia criado raízes naquela linda casa minimalista. Toda a mobília pertencia a Hollis e Elodie, emprestada com prazer a mim, mas fácil de ser abandonada. Então, saí da cidade quase tão depressa quanto havia chegado. Dentro de algumas horas, eu estava à porta dos meus tios, em Connecticut.

— Hailey! O que você está fazendo aqui? — No limiar, Elodie me puxou para um abraço de lado, desviando de sua barriga.

Eu quis soltar meu peso nela.

— Cometendo um erro. Eu deveria estar no próximo voo para a Escócia, mas precisava passar aqui antes. Desculpa pela minha atitude no Natal.

Elodie franziu os lábios e me levou para dentro.

— Ah, não. Pode parar com isso. Hollis ficou muito irritado consigo mesmo por não ter enxergado o quadro todo. Tudo o que seu pai fez foi falar sobre como todo mundo poderia ajudá-lo. Nós dois sentimos muito por ter arruinado o seu dia.

Meu tio emergiu da sala e veio direto para mim, com braços abertos.

— Eu ouvi tudo. Devo um pedido de desculpa e uma explicação. Venha, tenho algo que quero te contar.

Na sala encantadora deles, Hollis me sentou e me prendeu no lugar com um olhar.

— Eu cometi um erro com o seu pai. A vida toda, acreditei que Stephen pudesse ser um bom homem, com a ajuda certa. Mas algumas pessoas não têm salvação. Aceitei a verdade agora, e isso me ajudou a ver quem ele é de verdade.

— Um perdedor egoísta — sugeri.

Hollis suspirou e afastou seu cabelo loiro, do mesmo tom que o meu, do rosto.

— De fato. Também tenho certeza de que ele roubou de mim. Lembra do dinheiro que separei para os funcionários no Natal? Todos os envelopes sumiram.

Bati a palma na testa. Na minha chateação, eu tinha me esquecido por completo.

— Meu Deus! Não, fui eu. Eu os escondi na sua escrivaninha quando ele chegou. Desculpa.

Meu tio piscou, mas deu uma risada.

— Você pensa melhor que eu. Achou que ele os roubaria?

— Talvez. Era mais educado não o testar.

— Obrigado por isso. — Hollis trocou um olhar com a esposa, então, se inclinou para frente. — Eu já te contei que, antes de você nascer, ele usou a gravidez da sua mãe para extorquir dinheiro da nossa mãe?

— Não!

— É triste, mas é verdade.

Balancei a cabeça, lamentando.

— Você acha que ele engravidou a mamãe só para arranjar dinheiro?

Hollis e Elodie fizeram uma careta.

— É uma possibilidade — meu tio cedeu. — Mas você foi desejada. Nós queríamos você.

Eu era grata por isso. E sortuda.

Foi o que eu disse a eles, e Elodie sorriu.

— Então, conte, o que há na Escócia?

Com animação crescente, contei a eles do plano novo, mas emocionante, que eu havia bolado no caminho até ali. E sobre Ewan. Tudo sobre meu escocês maravilhoso.

Quando terminei, Elodie secou os olhos, sem sentir qualquer vergonha das emoções.

— Uma pergunta: você quer ver seu pai de novo antes de fazer isso?

— Sinceramente, eu não poderia me importar menos com isso. Ele é só um doador de esperma. Vocês dois são os únicos pais que eu sempre quis e vim aqui primeiro por causa disso. Preciso que saibam que amo vocês.

— Ah, querida, nós também te amamos. — Hollis me abraçou de novo. — Isso quer dizer que podemos ir te visitar em breve?

Eu me inclinei para frente.

— Eu adoraria. Em breve e sempre. Tenho uma proposta de negócio primeiro, se puderem ouvi-la.

— Qualquer coisa por você.

A segunda parte do meu novo plano concebido, mas há-muito-sonhado, ganhou vida, e, quando fui embora, minha energia tinha voltado e eu estava indo atrás do próximo capítulo da minha vida. Parte um. Recuperar meu namorado. Do lado de fora da porta de entrada, meu pai esperava.

— Hailey! — Ele piscou para mim, com seu cabelo pálido e seco todo bagunçado. — Eu não sabia que você estaria aqui.

Suspirei e tentei não o ver por tudo que ele não era.

— Oi, pai. Eu vim me despedir de Hollis e Elodie.

Ele ergueu o queixo, mas olhou para além de mim.

— Eles estão aí?

Evoquei minha paciência.

— Vou me mudar para a Escócia.

— Sim, mas quem vai consertar meu carro? Eu disse para Hollis que comprar um usado era jogar dinheiro fora. Só pisei fundo no acelerador para verificar se o motor estava bom e, quando vi, tinha desmoronado no meio da rodovia.

Meu pai. Ganhou um carro, um apartamento e uma família, mas ainda queria mais. Deixei a tristeza por ele passar por mim e sorri.

— Quem sabe você devesse agradecer ao Hollis e tentar consertá-lo você mesmo?

Então, fui embora. Dessa vez, de verdade.

CAPÍTULO DEZOITO

Como...?

Ewan

Do outro lado do bar da Hospedaria Cock Bridge, Briana me observava.

— Vai ficar tudo bem, você sabe que vai.

— Como *você* sabe? Perdemos o contrato. — Encarei o copo de água, desejando que, em vez disso, fosse uísque.

Mas eram nove da manhã, e eu tinha um novo modelo de negócios para desenvolver. No dia anterior, dois de janeiro, um e-mail havia chegado à minha conta. Uma rejeição gentil de Diane Kudrow. Ela amou nossa proposta, mas, no final das contas, éramos pequenos demais para ela.

O que me deixou com uma dívida enorme de investimentos e sem nenhuma fonte óbvia de reservas para a primavera e o verão.

— Nunca se sabe. As coisas podem melhorar em breve. — A voz de Briana carregava uma provocação.

Eu não via como.

Eu tinha perdido tudo. Minha *lass*, meu negócio e possivelmente minha casa, que eu poderia vender para consertar essa bagunça. Era melhor do que demitir funcionários. Ainda assim, meu coração doía.

A porta da hospedaria rangeu ao ser aberta.

— Não estamos servindo café da manhã hoje — resmunguei sem olhar para cima. — As bebidas começam às onze. Foi mal.

— E se eu não quiser nada disso? E se eu estiver aqui por um motivo bem diferente?

Ergui rápido o olhar para encontrar Hailey à entrada, com uma mala enorme atrás de si.

Briana riu e saiu do bar.

Nos deixando sozinhos.

Meu coração acelerou, e eu cambaleei ao me levantar do banco.

— Você está aqui. Meu Deus, mulher. Como...?

Hailey deu um passo na minha direção.

— Estou aqui por uma só razão. Você.

— Está? — Só consegui encará-la.

— Diane já te contou sobre o fracasso da proposta, não contou? Ela me pediu para te falar, mas acabou fazendo tudo sozinha. Desculpa não ter tido a chance de ligar antes, mas estive correndo de lá para cá como uma doida, me preparando para vir.

— Eu não entendo.

Hailey arrastou a mala pelo limiar e fechou o dia ensolarado de inverno para fora, então, se aproximou, analisando meu rosto.

Eu devia estar com uma aparência horrível. Mal dormira desde que ela tinha partido.

— Estava com saudade — ela falou.

Meu coração bateu com força.

— Estava com saudade e gosto tanto de você... Tudo o que eu quero é estar com você. Eu sabia disso semana passada, mas estava com medo.

— Você ainda me quer?

Os lábios de Hailey se franziram, como se estivesse lutando contra a emoção.

— Quero. Você me disse que, se deixasse, poderia se apaixonar por mim. Isso ainda é possível? Você ainda pode tentar? — Ela fungou, e uma lágrima escorreu rapidamente pela sua bochecha. Outro passo a trouxe para ainda mais perto. — Prometa que não arruinei a gente para sempre.

Me libertando do que me prendia, eu me endireitei, puxando-a para meus braços. Aquele momento era meu teste. Eu tinha me apaixonado perdidamente por Hailey, tão rápido que era inacreditável. Mas se ela de fato tinha vindo por mim, então isso queria dizer tudo.

— Linda, me fale que você está aqui para ficar.

— Sim! — Hailey irrompeu em lágrimas e se agarrou a mim.

— Então você é minha. Eu sou seu. Estamos oficializados.

Eu a abracei com força e logo trouxe sua boca à minha.

Por um longo momento, reunidos, nós nos beijamos e fizemos as pazes.

A porta se abriu de novo, e dois recém-chegados entraram, com a surpresa em seu rosto com nosso corpo a corpo.

Hailey olhou para cima e sorriu.

— Ewan, deixe-me te apresentar Hollis e Elodie, meus tios. Pessoal, este é o meu Ewan.

O Ewan dela.

Amei como isso soava.

Hailey esfregou as mãos.

— Agora, vamos falar de negócios.

Pela hora seguinte, com Briana ao meu lado, Hailey e sua família descreveram a proposta que tinham desenvolvido — grande parte dela no voo até ali, pelo que notei — para que Hailey se tornasse uma agente de viagens regional, especializada em feriados entre os Estados Unidos e a Escócia. Ela seria a representante de diversos pequenos negócios independentes como o meu, e um rosto americano confiável para a empresa, o que significava viagens ocasionais aos Estados Unidos, onde veria sua família. Mas noventa e cinco por cento de seu tempo seria passado na Escócia. Comigo.

O primeiro lugar em seu plano? A Hospedaria Cock Bridge.

Briana socou meu ombro, e eu abracei minha *lass*.

O futuro parecia lindo, no final das contas.

EPÍLOGO

Hailey — Fevereiro

A brisa fresca brincou com o meu cabelo, e eu desci do carro, apontando a linda vista para Kelsie e seu marido. À frente, as ruínas do castelo se espalhavam por toda a encosta, e alguns excursionistas desbravavam o dia frio.

— Vou te mostrar o lugar — disse para minha melhor amiga.

Ela tinha chegado na semana anterior, e nossa amizade descomplicada voltou com naturalidade. Estávamos sempre nos vendo, apesar do ritmo acelerado que eu havia ditado para meu novo negócio com Ewan.

No último mês, trabalhei quase todas as horas que pude. Ewan esteve bem ao meu lado. Exceto à noite.

Nós dois sabíamos que precisávamos ir com calma para criar uma base sólida para nosso relacionamento. Quando cheguei à hospedaria em janeiro, tudo o que eu queria fazer era proclamar meu amor para todos que pudessem ouvir.

Mas era cedo demais.

Na verdade, optei por um quarto na hospedaria, que foi onde dormi. Na maioria das noites. Ewan e eu precisávamos nos acostumar um com o outro, e concordamos em ir devagar. Agora, com nosso site no ar e as reservas já começando, estávamos ganhando.

— Não precisa mostrar o lugar para a gente. — Kelsie, que havia organizado o dia ao ar livre, me deu um olhar significativo, então, apontou na outra direção.

Ewan atravessava o platô aberto. Eu não o tinha visto na noite anterior, nem naquela manhã. Havia passado tempo demais.

— Vá até ele — minha amiga insistiu. — A gente encontra o caminho.

Ela não precisou repetir. Eu me apressei até lá, com minha felicidade completa.

Enquanto me aproximava, notei a toalha de piquenique em um lugar tranquilo e escondido. Então, paquerei o homem em pessoa, pois, apesar da temperatura baixa, Ewan tinha vestido um kilt. *Meu Deus, caramba.*

Ele rosnou de felicidade e me arrebatou em seus braços. Mas, antes que pudéssemos nos reencontrar do jeito que eu queria de verdade, com um beijo adorável e demorado, Ewan me desceu e deu um passo para trás.

E se apoiou em um joelho.

O choque me fez levar a mão até a boca. Ainda não tínhamos nem dito que amávamos um ao outro de verdade, e ele estava prestes a...

Em um movimento fluido, Ewan tirou uma chave dourada do bolso e a estendeu.

— Hailey LaCroix, você é incomparável, e eu me apaixonei tão perdidamente que você deixou as minhas pernas bambas. As últimas semanas foram as melhores de toda a minha vida, e eu quero... não, eu te imploro que aceite esta chave. Venha morar comigo, sim?

Pressionei as mãos na boca, então, ri, toda feliz.

— Meu Deus, sim! Eu também te amo!

Ewan se levantou em um pulo e me agarrou.

Nosso beijo deixaria qualquer um corado.

Risos perto dali me disseram que Kelsie concordava.

— Aliás — ele continuou em tom de conversa —, na próxima vez que eu fizer isso, será com um anel que estou guardando para oferecer meu nome e você aceitá-lo. Então, planejaremos bem mais do que só a sua mudança para casa.

Meu coração bateu forte, porque, caramba, sim, eu amava essa ideia. Me casar com o escocês? Estou dentro. Eu o beijei e coloquei minha animação sob controle.

— Tenho certeza de que vou dizer sim.

É claro que eu diria, porque esse homem, e, com esperança, nosso negócio popular e bem-sucedido, eram tudo. Até mesmo o pai apologético dele aprovava.

Eu amava Ewan McClintock, e meu sonho de ter meu próprio escocês arrogante de kilt tinha finalmente se realizado.